사피엔스 한국문학 | 박태원
중·단편소설 | 소설가 구보 씨의 일일
15 | 성탄제

『사피엔스²¹』

사피엔스 한국문학 중·단편소설 15
박태원 소설가 구보 씨의 일일

초판 1쇄 펴낸날 2012년 7월 6일
초판 3쇄 펴낸날 2018년 3월 15일

지은이 박태원
엮은이 김병구
펴낸이 최병호
본문 일러스트 이경하
펴낸곳 (주)사피엔스21
주소 10403 경기도 고양시 일산동구 중앙로 1233 현대타운빌 205
전화 031)902-5770 **팩스** 031)902-5772
출판등록 제22-3070호
ISBN 978-89-6588-137-7 44810
ISBN 978-89-6588-072-1 (세트)

* 파본은 교환해 드립니다.
* 이 책에 실린 모든 내용에 대한 권리는 (주)사피엔스21에 있으므로
  무단으로 전재하거나 복제, 배포할 수 없습니다.

박태원

● 소설가 구보 씨의 일일
성탄제

소피엔스 한국문학 중·단편소설 15 | 엮은이·김병구

사피엔스 한국문학 - 중·단편소설을 펴내며

　『사피엔스 한국문학』은 청소년과 일반 성인이 한국 문학을 대표하는 작가들의 대표 작품을 편하게 읽으면서도 한국 현대 문학의 흐름을 이해하는 데 다소라도 도움이 되도록 기획한 선집(選集)입니다. 이미 다수의 한국 문학 선집이 시중에 출간되어 있으나, 이번 선집은 몇 가지 점에서 이전 선집들과의 차별화를 시도하였습니다.

　첫째, 안정되고 정확한 텍스트를 독자에게 제공하는 데 주안점을 두었습니다. 문학 작품은 말 그대로 언어라는 실로 짠 화려한 양탄자입니다. 더군다나 한국 문학을 대표하는 작가들의 대표 작품들이라면 두말할 나위가 없겠지요. 이들 작품을 감상하는 데 있어서 정확하면서도 편안한 텍스트를 제공하는 것은 선집이 지녀야 할 핵심 덕목이라고 할 수 있습니다. 그래서 이번 선집은 각 작품의 최초 발표본과 작가 생애 최후의 판본, 그리고 가장 최근에 발간된 비판적 판본(critical version) 등을 참조하여 텍스트에 정확성을 최대한 기하되, 현대인이 읽기 쉽도록 표기를 다듬었습니다. 또한 낯설거나 어려운 낱말에 대한 풀이를 두어서 작품 감상의 흐름이 끊어지지 않고 작품에 자연스럽게 몰입할 수 있도록 편집하는 데 많은 노력을 기울였습니다.

둘째, 선집에 포함될 작가와 작품을 선정하는 데 고심에 고심을 기울였습니다. 물론 기존 문학 선집들의 경우에도 작가 및 작품 선정에 그 나름의 고심을 기울였을 것입니다. 하지만 문학 선집이라는 것은 시대의 흐름과 독자의 취향, 현대적 문제의식 등을 종합적으로 고려해야 하는 것이어서, 시간이 지나고 세상이 바뀌면 작가 및 작품의 선정 기준과 원칙도 달라질 수밖에 없습니다. 이번 선집은 이러한 점들을 고려하여 작가와 작품을 엄선하되, 오늘을 살아가는 청소년과 일반 성인들이 갖고 있는 문제의식 및 취향에 부합할 수 있도록 노력하였습니다.

셋째, 청소년을 위한 최선의 한국 문학 선집이 될 수 있도록 하였습니다. 오늘날 세상은 디지털 문명으로 매우 빠르게 흘러가고, 우리 청소년들은 입시의 중압감과 온갖 뉴미디어의 홍수 속에서 자칫 마음을 키우고 생각을 넓히는 데 소홀해지기 쉽습니다. 이러한 정보의 홍수와 경쟁의 급류 속에서 문학은 자칫 잃기 쉬운 성찰의 기회를 제공해 줍니다. 시대와 호흡하면서 인간의 삶이 제기하는 다양한 문제를 다채롭게 형상화한 작품을 읽으며, 그 작품 속에 그려진 세상과 인물에 공감하면서 때로는 충격을 받고, 때로는 고민에 휩싸이며, 그 속에서 새로운 자아를 발견하는 과정을 통해 청소년들이 깊은 생각과 넓은 마음을 키울 수 있을 것이라 확신합니다. 작품별로 자세한 해설을 달고 그 해설에서 문학 교육의 핵심 내용을 비중 있게 다룬 것 또한 청소년 독자를 위한 배려에서 비롯된 것입니다.

문학 선집을 엮는 일은 두렵고도 설레는 일입니다. 감히 작가와 작품을 고른다는 것도 두려운 일이었거니와, 이 선집을 시대가 요구하는 최고의 선집으로 만들어야겠다는 사명감도 이번 문학 선집을 엮는 과정에서 저희 엮은이들과 편집자들의 어깨를 짓누르는 한편 가슴 벅찬 기대를 품게 만들었습니다. 부디 이 선집으로 많은 이들이 한국 문학의 정수(精髓)를 만끽하길 바랍니다. 그리고 날카로운 질책과 따스한 성원을 아울러 기대합니다.

끝으로 이 자리를 빌려 물심양면으로 선집의 출간을 뒷받침해 주신 (주)사피엔스21의 권일경 대표 이사님 이하 편집부 직원 모두에게 감사를 드립니다. 또한 이 선집을 위해 작품의 출간을 허락하신 작가들과 저작권을 위임받아 여러 편의를 제공해 준 한국문예학술저작권협회 측에도 감사의 말을 전합니다.

엮은이 대표 _ 신두원

일러두기

●

1. 수록 작품은 최초 발표본과 작가 생애 최후의 판본, 그리고 가장 최근에 발간된 비판적 판본(critical version) 등을 참조하여 텍스트를 확정했습니다. 참조한 판본은 작품 뒤에 밝혔습니다.
2. 한 작가의 작품 배열은 청소년들의 눈높이와 문학사적인 지명도를 고려하여 그 순서를 정하였습니다.
3. 뜻풀이가 필요하다고 판단되는 낱말과 문장은 본문 아래쪽에 그 풀이를 달았습니다.
4. 표기는 원문에 충실히 따르는 것을 원칙으로 하되, 맞춤법과 띄어쓰기는 최대한 현행 표기법을 따랐습니다. 단, 해당 작가만의 개성이 묻어 있는 말이나 방언, 속어, 고어 등은 최대한 원문대로 살려 놓았습니다.
5. 위의 원칙들은 작가에 따라, 지문과 대화에 따라, 문체에 따라, 문맥에 따라 적용의 정도가 달라질 수 있습니다.

차례

간행사	4
소설가 구보 씨의 일일	10
성탄제	126
작가 소개	160

소설가 구보 씨의 일일

이 작품은 소설가 구보 씨의 하루 동안의 생활을 그리고 있습니다. 정오 무렵 집을 나와 그저 발길 닿는 대로 경성 시내 이곳저곳을 돌아다니다가 자정이 넘어서야 집에 돌아와 잠자리에 드는 것이 소설가 구보 씨의 일상이지요. 그는 도대체 왜 경성 시내를 하루 종일 배회하는 것일까요? 작품 구성의 특징을 살펴 가면서 그 이유에 대해 생각해 봅시다.

어머니는

 아들이 제 방에서 나와, 마루 끝에 놓인 구두를 신고, 기둥 못에 걸린 단장을 떼어 들고, 그리고 문간으로 향하여 나가는 소리를 들었다.
 "어디, 가니?"
 대답은 들리지 않았다.
 중문 앞까지 나간 아들은, 혹은, 자기의 한 말을 듣지 못하였는지도 모른다. 또는, 아들의 대답 소리가 자기의 귀에까지 이르지 못하였는지도 모른다. 그 둘 중의 하나라고 생각한 어머니는 이번에는 중문 밖에까지 들릴 목소리를 내었다.
 "일쯔거니 들어오너라."

단장(短杖) 짧은 지팡이.
중문(中門) 대문 안에 또 세운 문.

역시, 대답은 들리지 않았다.

중문이 소리를 내어 열리고, 또 소리를 내어 닫혔다. 어머니는 얇은 실망을 느끼려는 자기 자신을 스스로 위로하려 한다. 중문 소리만 크게 나지 않았더면, 아들의 '네' 소리를, 혹은 들을 수 있었을지도 모른다……

어머니는 다시 바느질을 하며, 대체, 그 애는, 매일, 어딜, 그렇게, 가는, 겐가, 하고 그런 것을 생각하여 본다.

직업과 아내를 갖지 않은, 스물여섯 살짜리 아들은, 늙은 어머니에게는 온갖 종류의, 근심, 걱정거리였다. 우선, 낮에 한 번 집을 나서면, 아들은 밤늦게나 되어 돌아왔다.

늙고, 쇠약한 어머니는, 자리도 깔지 않고, 맨바닥에 가, 팔을 괴고 누워, 아들을 기다리다가 곧잘 잠이 든다. 편안하지 못한 잠은, 두 시간씩 세 시간씩 계속될 수 없다. 잠깐 잠이 들었다 깰 때마다, 어머니는 고개를 들어 아들의 방을 바라보고, 그리고, 기둥에 걸린 시계를 쳐다본다.

자정 — 그리 늦지는 않았다. 이제 아들은 돌아올 게다. 어머니는 아들이 어서 돌아와 자라고 빌며, 또 어느 틈엔가 꼬빡 잠이 든다.

✤ **직업과 아내를 ~ 근심, 걱정거리였다** 요즘과 달리 이 작품의 시대적 배경인 1930년대의 평균 혼인 연령은 남자가 21.2세, 여자가 17세였기 때문에, 구보 씨의 어머니는 26세가 되도록 결혼도 하지 않은 데다가 일정한 직업도 없는 구보 씨가 걱정스러운 것이다.

그가 두 번째 잠을 깨는 것은 새로 한 점 반이나, 두 점, 그러한 시각이다. 아들의 방에는 그저 불이 켜 있다.

아들은 잘 때면 반드시 불을 끈다. 그러나, 혹은, 어느 틈엔가 아들은 돌아와 자리에 누워 책이라도 읽고 있는 게 아닐까. 아들에게는 그런 버릇이 있다.

어머니는 소리 안 나게 아들의 방 앞에까지 걸어가 가만히 안을 엿듣는다. 마침내, 어머니는 방문을 열어 보고, 입때 웬일일까, 호젓한 얼굴을 하고, 다시 방문을 닫으려다 말고 방 안으로 들어온다.

나이 찬 아들의, 기름과 분 냄새 없는 방이, 늙은 어머니에게는 애달팠다. 어머니는 초저녁에 깔아 놓은 채 그대로 있는, 아들의 이부자리와 베개를 바로 고쳐 놓고, 그리고 그 옆에 가 앉아 본다.

스물여섯 해를 길렀어도 종시 마음이 놓이지 않는 것은 자식이었다. 설혹 스물여섯 해를 스물여섯 곱하는 일이 있다 하더라도, 어머니의 마음은 늘 걱정으로 차리라. 그래도 어머니는 그가 작은며느리를 보면, 이렇게 밤늦게 한 가지 걱정을 덜 수 있

새로 (12시를 넘긴 시각 앞에 쓰여) 시각이 시작됨을 이르는 말.
점(點) 예전에, 시각을 세던 단위. 여기에서의 '새로 한 점 반, 두 점'은 '오전(새벽) 1시 30분, 2시'를 뜻한다.
입때 여태. 지금까지. 또는 아직까지.
호젓하다 매우 홀가분하여 쓸쓸하고 외롭다.
종시(終是) 끝내.

으리라 생각한다.

"참 이 애는 왜 장가를 들려구 안 하는 겐구."

언제나 혼인 말을 꺼내면, 아들은 말하였다.

"돈 한 푼 없이 어떻게 기집을 멕여 살립니까?"

하지만…… 어떻게 도리야 있느니라. 어디 월급쟁이가 되더라도, 두 식구 입에 풀칠이야 못 할라구…….

어머니는 어디 월급 자리라도 구할 생각은 없이, 밤낮으로, 책이나 읽고 글이나 쓰고, 혹은 공연스레 밤중까지 쏘다니고 하는 아들이, 보기에 딱하고, 또 답답하였다.

"그래두 장가를 들어 노면 맘이 달러지지."

"제 기집 귀여운 줄 알면, 자연 돈 벌 궁릴 하겠지."

작년 여름에 아들은 한 '색시'를 만나 본 일이 있다. 그 애면 저도 싫다고는 않겠지. 이제 이놈이 들어오거든 단단히 따져 보리라……. 그리고 어머니는 어느 틈엔가 손주 자식을 눈앞에 그려 보기조차 한다.

기집 계집. '아내'를 낮잡아 이르는 말.
도리(道理) 어떤 일을 해 나갈 방도.
풀칠(-漆) 1. 종이 따위를 붙이려고 무엇에 풀을 바르는 일. 2. 겨우 끼니를 이어 가는 일. 여기에서는 2의 의미로 쓰임.
공연스레(空然--) 까닭이나 실속이 없는 데가 있게.

아들은

그러나, 돌아와, 채 어머니가 무어라고 말할 수 있기 전에, 입 때 안 주무셨에요, 어서 주무세요, 그리고 자리옷으로 갈아입고는 책상 앞에 앉아, 원고지를 펴 논다.

그런 때 옆에서 무슨 말이든 하면, 아들은 언제든 불쾌한 표정을 지었다. 그것은 어머니의 마음을 아프게 한다. 그래, 어머니는 가까스로, 늦었으니 어서 자거라, 그걸랑 낼 쓰구……. 한마디를 하고서 아들의 방을 나온다.

"얘기는 낼 아침에래두 허지."

그러나 열한 점이나 오정에야 일어나는 아들은, 그대로 소리 없이 밥을 떠먹고는 나가 버렸다.

때로, 글을 팔아 몇 푼의 돈을 구할 수 있을 때, 그 어느 한 경우에, 아들은 어머니를 보고, 무어 잡수시구 싶으신 거 없에요, 그렇게 묻는 일이 있었다.

어머니는 직업을 가지지 못한 아들이, 그래도 어떻게 몇 푼의 돈을 만들어, 자기에게 그런 말을 할 수 있는 것을 신기하게 기뻐하였다.

"어서 내 생각 말구, 네 양말이나 사 신어라."

자리옷 잠옷.
오정(午正) 정오. 낮 열두 시.

그러면, 아들은, 으레, 제 고집을 세웠다. 아들의 고집 센 것을, 물론 어머니는 좋게 생각 안 했다. 그러나 이러한 경우라면, 아들이 고집을 세우면 세울수록 어머니는 만족하였다. 어머니의 사랑은 보수를 원하지 않지만, 그래도 자식이 자기에게 대한 사랑을 보여 줄 때, 그것은 어머니를 기쁘게 하여 준다.

대체 무얼 사 줄 테냐. 무어든 어머니 마음대루. 먹는 게 아니래두 좋으냐. 네. 그래 어머니는 에누리 없이 욕망을 말해 본다.

"너, 나, 치마 하나 해 주려무나."

아들이 흔연히 응낙하는 걸 보고,

"네 아주멈은 무어 안 해 주니?"

아들은 치마 두 감의 가격을 묻고, 그리고 갑자기 엄숙한 얼굴을 한다. 혹은 밤을 새우기까지 하여 아들이 번 돈은 결코, 대단한 액수의 것이 아니었다. 그래, 어머니는 말한다.

"그럼 네 아주멈이나 해 주렴."

아들은, 아니에요, 넉넉해요. 갖다 끊으세요. 그리고 돈을 내놓았다.

어머니는, 얼마를 주저한다. 그러나, 마침내, 그는 가장 자랑스러이 돈을 집어 들고, 얘애 옷감 바꾸러 나가자, 아재비가 치마

에누리 실제보다 더 보태거나 깎아서 말하는 일.
흔연히(欣然-) 기쁘거나 반가워 기분이 좋게.
아주멈 아주머니. 여기에서는 '형수'를 가리킴.
감 옷감의 수를 세는 단위. 한 감은 치마 한 벌을 뜰 수 있는 크기이다.
아재비 '아저씨'의 낮춤말. 여기에서는 '시동생(어머니에게는 아들)'을 가리킴.

허라구 돈을 주었다. 네 아재비가……. 그렇게 건넌방에서 재봉틀을 놀리고 있던 맏며느리를 신기하게 놀래어 준다.

치마가 되면, 어머니는 그것을 입고, 나들이를 하였다.

일갓집 대청에 가 주인 아낙네와 마주앉아, 갓난애같이 어머니는 치마 자랑할 기회를 엿본다. 주인 마누라가, 섣불리, 참 치마 좋은 거 해 입으셨구먼, 이라고나 한다면, 어머니는 서슴지 않고,

"이거 내 둘째 아이가 해 준 거죠. 제 아주멈 해하구 이거하구……."

이렇게 묻지도 않은 말을 하였다. 어머니는 그것이 아들의 훌륭한 자랑거리라 생각하였다. 자식을 자랑할 때, 어머니는 얼마든지 뻔뻔스러울 수 있다.

그러나 그런 일은 늘 있을 수 없다. 어머니는 역시, 글을 쓰는 것보다는 월급쟁이가 몇 갑절 낫다고 생각하고, 그리고 그렇게 재주 있는 내 아들은 무엇을 하든 잘하리라고 혼자 작정해 버린다. 아들은 지금 세상에서 월급 자리 얻기가 얼마나 힘드는 것인가를 말한다. 하지만, 보통학교만 졸업하고도, 고등학교만 나오고도, 회사에서 관청에서 일들만 잘하고 있는 것을 알고 있는

일갓집(一家-) 한집안이 되는 집.
대청(大廳) 한옥에서, 몸채의 방과 방 사이에 있는 큰 마루.
해 (사람을 나타내는 대명사 뒤에 쓰여) 것. 그 사람의 소유물임을 나타내는 말.
보통학교(普通學校) 일제 강점기에, 우리나라 사람들에게 초등 교육을 하던 학교. 처음에는 4년제였으나 6년제로 바뀌었다.

어머니는, 고등학교를 졸업하고도, 또 동경엘 건너가 공부하고 온 내 아들이, 구하여도 일자리가 없다는 것이 도무지 믿어지지가 않았다.

구보(仇甫)는

집을 나와 천변˚길을 광교˚로 향하여 걸어가며, 어머니에게 단 한 마디 '네' 하고 대답 못했던 것을 뉘우쳐 본다. 하기야 중문을 여닫으며 구보는 '네' 소리를 목구멍까지 내어 보았던 것이나 중문과 안방과의 거리는 제법 큰 소리를 요구하였고, 그리고 공교롭게 활짝 열린 대문 앞을, 때마침 세 명의 여학생이 웃고 떠들며 지나갔다.

그렇더라도 대답은 역시 하여야만 하였었다고, 구보는 어머니의 외로워할 때의 표정을 눈앞에 그려 본다. 처녀들은 어느 틈엔가 그의 시야에서 사라졌다.

구보는 마침내 다리 모퉁이에까지 이르렀다. 그의 일 있는 듯싶게 꾸미는 걸음걸이는 그곳에서 멈추어진다. 그는 어딜 갈까,

---

천변(川邊) 냇물의 주변. 여기에서는 청계천 주변을 가리킴.
광교(廣橋) 광통교. 원래 이름은 대광통교이다. 서울 종로 네거리에서 남대문으로 가는 큰 길을 잇는 청계천 위에 걸려 있던 조선 시대의 다리이다. 조선 초 도성을 건설할 때 흙으로 다리를 놓았으며, 태종 때 석교로 만들었다. 1958년 청개천 복개 공사 때 도로 밑으로 묻혔지만, 2005년 청계천 복원 사업으로 원래 위치보다 상류에 복원되었다.

생각하여 본다. 모두가 그의 갈 곳이었다. 한 군데라 그가 갈 곳은 없었다.✱

한낮의 거리 위에서 구보는 갑자기 격렬한 두통을 느낀다. 비록 식욕은 왕성하더라도, 잠은 잘 오더라도, 그것은 역시 신경 쇠약에 틀림없었다.

구보는 떠름한 얼굴을 하여 본다.

취박(臭剝)   4.0
취나(臭那)   2.0
취안(臭安)   2.0
고정(苦丁)   4.0
수(水)✱   200.0
1일(一日) 3회(三回) 분복(分服) 2일분(二日分)

그가 다니는 병원의 젊은 간호부가 반드시 '삼비스이'라고 발음하는 이 약은 그에게는 조그마한 효험도 없었다.

✱ **모두가 그의 갈 곳이었다. 한 군데라 그가 갈 곳은 없었다** 구보가 뚜렷한 행선지를 정하고 집을 나선 것이 아니므로, 그는 발길이 닿는 대로 아무 곳이나 갈 수가 있지만 바로 그런 이유로 어느 한 곳 특별히 갈 곳은 없다는 의미이다.
신경 쇠약(神經衰弱) 신경이 계속 자극을 받아서 피로가 쌓여 생기는 여러 가지 질병. 피로감, 두통, 불면증, 어깨 쑤심, 어지럼증, 귀울림, 손떨림증, 주의 산만, 기억력 감퇴 등의 증상을 나타낸다.
떠름하다 1. 좀 얼떨떨한 느낌이 있다. 2. 마음이 썩 내키지 아니하다.
✱ **취박(臭剝), 취나(臭那), 취안(臭安), 고정(苦丁), 수(水)** 문맥상 구보가 복용하는 '3B수(水)'라는 신경 안정제에 들어간 성분을 이름.
분복(分服) 약 따위를 몇 번에 나누어 먹음.

그러자 구보는 갑자기 옆으로 몸을 비킨다. 그 순간 자전거가 그의 몸을 가까스로 피하여 지났다. 자전거 위의 젊은이는 모멸 가득한 눈으로 구보를 돌아본다. 그는 구보의 몇 칸통 뒤에서부터 요란스레 종을 울렸던 것임에 틀림없었다. 그것을 위험이 박두하였을 때에야 비로소 몸을 피할 수 있었던 것은 반드시 그가 '3B수(水)'의 처방을 외고 있었기 때문만이 아니었다.

구보는, 자기의 왼편 귀 기능에 스스로 의혹을 갖는다. 병원의 젊은 조수는 결코 익숙하지 못한 솜씨로 그의 귓속을 살피고, 그리고 대담하게도 그 안이 몹시 불결한 까닭 외에 아무 이상이 없다고 선언하였었다. 한 덩어리의 '귀지'를 갖기보다는 차라리 사 주일간 치료를 요하는 중이염을 앓고 싶다 생각하는 구보는, 그의 선언에 무한한 굴욕을 느끼며, 그래도 매일 신경질하게 귀 안을 소제하였었다.

그러나, 구보는 다행하게도 중이 질환(中耳疾患)을 가진 듯싶었다. 어느 기회에 그는 의학 사전을 뒤적거려 보고, 그리고 별 까닭도 없이 자기는 중이가답아(中耳加答兒)에 걸렸다고 혼자

칸통 넓이의 단위. 한 칸통은 집의 몇 칸쯤 되는 넓이이다.
박두(迫頭) 기일이나 시기가 가까이 닥쳐옴.
3B수(水) 이 작품에서 주인공 구보가 복용하는 신경 안정제.
조수(助手) 어떤 책임자 밑에서 지도를 받으면서 그 일을 도와주는 사람.
귀지 귓구멍 속에 낀 때.
중이염(中耳炎) 귓속 중간 부분에 생기는 염증. 급성 전염병, 감기, 폐렴 등으로 인해 생기며 고열, 심한 통증, 귀울림 등의 증상이 나타난다.
소제(掃除) 청소.

생각하였다. 사전에 의하면 중이가답아에는 급성 급 만성(急性及慢性)이 있고, 만성 중이가답아는 또다시 이를 만성건성 급 만성습성(慢性乾性及慢性濕性)의 이자(二者)로 나눈다 하였는데, 자기의 이질(耳疾)은 그 만성습성의 중이가답아에 틀림없다고 구보는 작정하고 있었다.

    그러나 부실한 것은 그의 왼쪽 귀뿐이 아니었다. 구보는 그의 오른쪽 귀에도 자신을 갖지 못한다. 언제든 쉬이 전문의를 찾아보아야겠다고 생각은 하면서도, 일 년이나 그대로 내버려 둔 채 지내 온 그는, 비교적 건강한 그의 오른쪽 귀마저 또 한편 귀의 난청(難聽) 보충으로 그 기능을 소모시키고, 그리고 불원한 장래에 '듄케르 청장관(聽長管)'이나 '전기 보청기'의 힘을 빌리지 않으면 안 될지도 모른다.

급성(急性) 병의 증세가 갑자기 나타나 빠르게 진행되는 성질.
급(及) 문장에서 같은 종류의 성분을 연결할 때 쓰는 것으로, '그리고', '또', '및'의 의미를 나타냄.
만성(慢性) 병이 급하거나 심하지도 않고 쉽사리 낫지도 않는 성질.
이자(二者) 두 종류.
이질(耳疾) 귀에 생긴 질환.
난청(難聽) 청각 기관의 장애로 청력이 약해지거나 들을 수 없는 상태.
불원하다(不遠--) 시일이 오래지 아니하다.
듄케르 청장관(聽長管) 독일 사람 요한 듄케르(Johan Heinrich Duncker, 1767~1843)가 1819년에 특허 출원한 청진기 모양으로 생긴 보청기.

구보는

갑자기 걸음을 걷기로 한다. 그렇게 우두커니 다리 곁에 가서 있는 것의 무의미함을 새삼스러이 깨달은 까닭이다. 그는 종로 거리를 바라보고 걷는다. 구보는 종로 네거리에 아무런 사무(事務)도 갖지 않는다. 처음에 그가 아무렇게나 내어 놓았던 바른발이 공교롭게도 왼편으로 쏠렸기 때문에 지나지 않는다.

갑자기 한 사람이 나타나 그의 앞을 가로질러 지난다. 구보는 그 사내와 마주칠 것 같은 착각을 느끼고, 위태롭게 걸음을 멈춘다.

그리고 다음 순간, 구보는, 이렇게 대낮에도 조금의 자신을 가질 수 없는 자기의 시력을 저주한다. 그의 코 위에 걸려 있는 24도의 안경은 그의 근시를 도와주었으나, 그의 망막에 나타나 있는 무수한 맹점(盲點)을 제거하는 재주는 없었다. 총독부 병원 시대의 구보의 시력 검사표는 그저 그 우울한 '안과 재래(眼

사무(事務) 자신이 맡은 직책에 관련된 여러 가지 일을 처리하는 일.
✽ 그는 종로 거리를 바라보고 ~ 쏠렸기 때문에 지나지 않는다 왼쪽으로는 종로 네거리, 오른쪽으로는 황금정(지금의 을지로), 본정(충무로)으로 이어지는 남대문통, 맞은편으로는 삼각정, 관철동 길로 이어지는 광교 다리 모퉁이에서 잠시 생각에 잠겼던 구보가 종로 네거리를 향해 걸음을 옮긴 것이, 아무런 목적이 없는 행동임을 나타낸 구절이다.
맹점(盲點) 시각 신경 원반(視覺神經原盤). 시각 신경을 이루는 신경 섬유들이 망막에서 한 곳으로 모이는 곳. 이 부분에는 시각 세포가 없기 때문에 빛에 대한 반응이 없다.
총독부 병원 시대(總督府病院時代) 1910년 일제에 의한 국권 피탈로 인해 대한 의원이 조선총독부 의원으로 이름이 바뀌었다. 이는 다시 1928년 6월 21일에 경성제국대학 의학부 부속 의원으로 바뀐다. 따라서 여기에서 '총독부 병원 시대'는 1928년 이전을 가리킨다.

科再來)'의 책상 서랍 속에 들어 있을지도 모른다.

R, 4   L, 3

 구보는, 이 주일간 열병을 앓은 끝에, 갑자기 쇠약해진 시력을 호소하러 처음으로 안과의와 대하였을 때의, 그 조그만 테이블 위에 놓여 있던 '시야 측정기'를 지금 기억하고 있다. 저 자신 강도(強度)의 안경을 쓰고 있던 의사는, 백묵을 가져 그 위에 용서 없이 무수한 맹점을 찾아내었었다.
 그래도, 구보는, 약간 자신이 있는 듯싶은 걸음걸이로 전차 선로를 두 번 횡단하여 화신상회 앞으로 간다. 그리고 저도 모를 사이에 그의 발은 백화점 안으로 들어서기조차 하였다.
 젊은 내외가, 너덧 살 되어 보이는 아이를 데리고 그곳에 가 승강기를 기다리고 있었다. 이제 그들은 식당으로 가서 그들의 오찬을 즐길 것이다. 흘깃 구보를 본 그들 내외의 눈에는 자기네들의 행복을 자랑하고 싶어 하는 마음이 엿보였는지도 모른

강도(強度) 센 정도. 여기에서는 '도수가 높다'는 의미로 쓰임.
전차(電車) 공중에 설치한 전선으로부터 전력을 공급받아 지상에 설치된 궤도 위를 다니는 차.
화신상회(和信商會) 화신백화점. 민족 자본으로 설립되어 우리 민족에 의해 경영되었던 최초의 백화점. 1935년 화재로 전소된 후 1937년에 현대식 건물이 세워졌는데, 이는 당시 서울에서 가장 높은 건물이었다.
승강기(昇降機) 엘리베이터. 사람이나 화물을 아래위로 나르는 장치.
오찬(午餐) 손님을 초대하여 함께 먹는 점심 식사. 여기에서는 '점심 식사'의 의미로 쓰임.
흘깃 가볍게 한 번 흘겨보는 모양.

다. 구보는, 그들을 업신여겨 볼까 하다가, 문득 생각을 고쳐, 그들을 축복하여 주려 하였다. 사실, 사오 년 이상을 같이 살아 왔으면서도, 오히려 새로운 기쁨을 가져 이렇게 거리로 나온 젊은 부부는 구보에게 좀 다른 의미로서의 부러움을 느끼게 하였는지도 모른다. 그들은 분명히 가정을 가졌고, 그리고 그들은 그곳에서 당연히 그들의 행복을 찾을 게다.

승강기가 내려와 서고, 문이 열리고, 닫히고, 그리고 젊은 내외는 수남(壽男)이나 복동(福童)이와 더불어* 구보의 시야를 벗어났다.

구보는 다시 밖으로 나오며, 자기는 어디 가 행복을 찾을까 생각한다. 발 가는 대로, 그는 어느 틈엔가 안전지대에 가 서서, 자기의 두 손을 내려다보았다. 한 손의 단장과 또 한 손의 공책과 — 물론 구보는 거기에서 행복을 찾을 수는 없다.*

안전지대 위에, 사람들은 서서 전차를 기다린다. 그들에게, 행복은 알 수 없다. 그러나 그들은 분명히, 갈 곳만은 가지고 있었다.

전차가 왔다. 사람들은 내리고 또 탔다. 구보는 잠깐 머엉하

✤ **수남(壽男)이나 복동(福童)이와 더불어** 젊은 내외의 아이 이름을 구보 나름대로 추측하여 '수남'이나 '복동'이라 부른 것이다.
안전지대(安全地帶) 교통이 복잡한 곳이나 정류소에서 사람이 안전하게 피해 있도록 안전표지나 공작물로 표시한 도로 위의 부분.
✤ **한 손의 단장과 ~ 행복을 찾을 수는 없다.** 산책과 창작을 위해 가지고 나온 단장과 공책에서는 젊은 내외의 단란한 가정에서 느낄 수 있는 행복을 찾을 수 없다는 의미이다.

니 그곳에 서 있었다. 그러나 자기와 더불어 그곳에 있던 온갖 사람들이 모두 저 차에 오르는 것을 보았을 때, 그는 저 혼자 그곳에 남아 있는 것에, 외로움과 애달픔을 맛본다. 구보는, 움직인 전차에 뛰어올랐다.

전차 안에서

구보는, 우선, 제자리를 찾지 못한다. 하나 남았던 좌석은 그보다 바로 한 걸음 먼저 차에 오른 젊은 여인에게 점령당했다. 구보는, 차장대(車掌臺) 가까운 한구석에 가 서서, 자기는 대체, 이 동대문행 차를 어디까지 타고 가야 할 것인가를, 대체, 어느 곳에 행복은 자기를 기다리고 있을 것인가를 생각해 본다.

이제 이 차는 동대문을 돌아 경성 운동장 앞으로 해서…… 구보는, 차장대, 운전대로 향한, 안으로 파아란 융을 받쳐 댄 창을 본다. 전차과(電車課)에서는 그곳에 뉴스를 게시한다. 그러나 사람들은, 요사이 축구도 야구도 하지 않는 모양이었다.

장충단으로. 청량리로. 혹은 성북동으로……. 그러나 요사이

차장대(車掌臺) 기차, 버스, 전차 등에서 찻삯을 받거나 차의 원활한 운행과 승객의 편의를 도모하는 사람, 즉 차장이 위치하고 있는 곳.
경성 운동장(京城運動場) 현재의 '동대문 운동장'을 이름.
융 표면이 부드럽고 보들보들한 옷감의 하나.
전차과(電車課) 전차의 운행을 담당하는 부서.

구보는 교외를 즐기지 않는다. 그곳에는, 하여튼 자연이 있었고, 한적(閑寂)이 있었다. 그리고 고독조차 그곳에는, 준비되어 있었다. 요사이, 구보는 고독을 두려워한다.

일찍이 그는 고독을 사랑한 일이 있었다. 그러나 고독을 사랑한다는 것은 그의 심경의 바른 표현이 못 될 게다. 그는 결코 고독을 사랑하지 않았는지도 모른다. 아니 도리어 그는 그것을 그지없이 무서워하였는지도 모른다. 그러나 그는 고독과 힘을 겨루어, 결코 그것을 이겨 내지 못하였다. 그런 때 구보는 차라리 고독에게 몸을 떠맡기어 버리고, 그리고, 스스로 자기는 고독을 사랑하고 있는 것이라고 꾸며 왔는지도 모를 일이다…….

표, 찍읍쇼. 차장이 그의 앞으로 왔다. 구보는 단장을 왼팔에 걸고, 바지 주머니에 손을 넣었다. 그러나 그가 그 속에서 다섯 닢의 동전을 골라 내었을 때, 차는 종묘(宗廟) 앞에 서고, 그리고 차장은 제자리로 돌아갔다.

구보는 눈을 떨어뜨려, 손바닥 위의 다섯 닢 동전을 본다. 그것들은 공교롭게도 모두가 뒤집혀 있었다. 대정(大正) 12년. 11년.

교외(郊外) 도시의 주변 지역.
한적(閑寂) 한가하고 고요함.
심경(心境) 마음의 상태.
닢 납작한 물건을 세는 단위. 흔히 돈이나 가마니, 멍석 따위를 셀 때 쓴다.
종묘(宗廟) 조선 시대에, 역대 임금과 왕비의 위패를 모시던 왕실의 사당. 태조 3년(1394)에 착공하여 정전(중심 건물)을 짓고 세종 3년(1421)에 영녕전을 세웠으나 임진왜란 때 타 버리고 광해군 즉위년(1608)에 다시 세운 것이 지금 종로 3가에 남아 있다. 1995년에 유네스코 세계 문화유산으로 지정되었다.
대정(大正) '다이쇼(일본 다이쇼 천황 시대의 연호, 1912~1926)'를 우리 한자음으로 읽은 이름.

11년. 8년. 12년. 대정 54년——구보는 그 숫자에서 어떤 한 개의 의미를 찾아내려 들었다. 그러나 그것은 부질없는 일이었고, 그리고 또 설혹 그것이 무슨 의미를 가지고 있었다 하더라도, 그것은 적어도 '행복'은 아니었을 게다.

차장이 다시 그의 옆으로 왔다. 어디를 가십니까. 구보는 전차가 향하여 가는 곳을 바라보며 문득 창경원에라도 갈까, 하고 생각한다. 그러나 그는 차장에게 아무런 사인도 하지 않았다. 갈 곳을 갖지 않은 사람이, 한 번, 차에 몸을 의탁하였을 때, 그는 어디서든 섣불리 내릴 수 없다.

차는 서고, 또 움직였다. 구보는 창밖을 내어다보며, 문득, 대학 병원에라도 들를 것을 그랬나 하여 본다. 연구실에서, 벗은, 정신병을 공부하고 있었다. 그를 찾아가, 좀 다른 세상을 구경하는 것은, 행복은 아니어도, 어떻든 한 개의 일일 수 있다…….

구보가 머리를 돌렸을 때, 그는 그곳에, 지금 마악 차에 오른 듯싶은 한 여성을 보고, 그리고 신기하게 놀랐다. 집에 돌아가, 어머니에게 오늘 전차에서 '그 색시'를 만났죠 하면, 어머니는

✤ 대정(大正) 12년. 11년. 11년. 8년. 12년. 대정 54년 '대정'은 1912년(대정 1년)에서 1926년(15년)까지의 기간을 가리킨다. 따라서 '대정 54년'은 실제 존재하지 않는 기간으로, 여기에서는 동전 다섯 개에 적혀 있는 연호를 합해 '대정 54년'이라고 지칭한 것이다.
창경원(昌慶苑) 일제 강점기에, 창경궁 안에 동·식물원을 만들면서 불렀던 이름. 창경궁의 격을 낮추기 위한 일제의 책략이었던 것으로 보아 일부 동·식물원을 서울 대공원으로 옮기고 1983년에 다시 '창경궁'으로 고쳤다.
책략(策略) 어떤 일을 꾸미고 이루어 나가는 교묘한 방법.
의탁(依託) 어떤 것에 몸이나 마음을 의지하여 맡김.

응당 반색˙을 하고, 그리고, '그래서 그래서' 뒤를 캐어물을 게다. 그가 만일, 오직 그뿐이라고라도 말한다면, 어머니는 실망하고, 그리고 그를 주변머리˙ 없다고 책(責)할지도 모른다. 그러나 누가 그 일을 알고, 그리고 아들을 졸(拙)하다고라도 말한다면, 어머니는, 내 아들은 원체 얌전해서……. 그렇게 변호할 게다.

구보는 여자와 시선이 마주칠까 겁(怯)하여, 얼토당토않은 곳을 보며, 저 여자는 내가 여기 있는 것을 보았을까, 하고 생각한다.

여자는

혹은, 그를 보았을지도 모른다. 전차 안에, 승객은 결코 많지 않았고, 그리고 자리가 몇 군데 비어 있음에도 불구하고, 구석에 가 서 있는 사람이란, 남의 눈에 띄기 쉽다. 여자는 응당 자기를 보았을 게다. 그러나 여자는 능히 자기를 알아볼 수 있었을까. 그것은 의문이다. 작년 여름에 단 한 번 만났을 뿐으로,

---

반색 매우 반가워함. 또는 그런 기색.
주변머리 '주변'을 속되게 이르는 말.
  주변 일을 주선하거나 변통함. 또는 그런 재주.
책(責) 잘못을 꾸짖거나 나무라며 못마땅하게 여김.
졸하다(拙--) 주변이 없고 생각이 좁아 옹졸하다.
겁(怯) 무서워하는 마음. 또는 그런 심리적 경향.

이래 일 년간 길에서라도 얼굴을 대한 일이 없는 남자를 그렇게 쉽사리 여자는 알아내지 못할 게다. 그러나, 자기가 기억하고 있는 여자에게, 자기의 기억이 없으리라고 생각하는 것은, 누구에게 있어서든, 외롭고 또 쓸쓸한 일이다. 구보는, 여자와의 회견 당시의 자기의 그 대담한, 혹은 뻔뻔스런 태도와 화술이, 그에게 적지않이 인상 주었으리라고 생각하고, 그리고 여자는 때때로 자기를 생각하여 주고 있었다고 믿고 싶었다.

그는 분명히 나를 보았고 그리고 나를 나라고 알았을 게다. 그러한 그는 지금 어떠한 느낌을 가지고 있을까, 그것이 구보는 알고 싶었다.

그는 결코 대담하지 못한 눈초리로, 비스듬히 두 칸통 떨어진 곳에 앉아 있는 여자의 옆얼굴을 곁눈질하였다. 그리고 다음 순간, 그와 눈이 마주칠 것을 겁하여 시선을 돌리며, 여자는 혹은 자기를 곁눈질한 남자의 꼴을, 곁눈으로 느꼈을지도 모르겠다고, 그렇게 생각하여 본다. 여자는 남자를 그 남자라 알고, 그리고 남자가 자기를 그 여자라 안 것을 알고 있을지도 모른다. 이러한 경우에, 나는 어떠한 태도를 취하여야 마땅할까 하고, 구보는 그러한 것에 머리를 썼다. 알은체를 하여야 옳을지도 몰랐다. 혹은 모른 체하는 게 정당한 인사일지도 몰랐다. 그 둘 중에 어느 편을 여자는 바라고 있을까. 그것을 알았으면, 하였다.

화술(話術) 말재주.

그러다가, 갑자기, 그러한 것에 마음을 태우고 있는 자기가 스스로 괴이하고 우스워, 나는 오직 요만 일로 이렇게 흥분할 수가 있었던가 하고 스스로를 의심하여 보았다. 그러면 나는 마음속 그윽이 그를 생각하고 있었던지도 모르겠다고 생각하여 보았다. 그러나 그가 여자와 한 번 본 뒤로, 이래 일 년간, 그를 일찍이 한 번도 꿈에 본 일이 없었던 것을 생각해 내었을 때, 자기는 역시 진정으로 그를 사랑하고 있는 것은 아닌지도 모르겠다고, 그러한 생각이 들었다. 만일 그렇다면 자기가 여자의 마음을 헤아려 보고, 그리고 이리저리 공상을 달리고 하는 것은, 이를테면, 감정의 모독이었고, 그리고 일종의 죄악이었다.

그러나 만일 여자가 자기를 진정으로 그리고 있다면—

구보가, 여자 편으로 눈을 주었을 때, 그러나, 여자는 자리에서 일어나 양산을 들고 차가 동대문 앞에 정차하기를 기다리어 내려갔다. 구보의 마음은 또 한 번 동요하며, 창 너머로 여자가 청량리행 전차를 기다리느라, 그곳 안전지대로 가 서는 것을 보았을 때, 그는 자기도 차에서 곧 내리고 싶은 충동을 느꼈다. 그러나, 여자가 청량리행 전차 속에서 자기를 또 한 번 발견하고, 그리고 자기가 일도 없건만, 오직 여자와의 사이에 어떠한 기회를 엿보기 위하여 그 차를 탄 것에 틀림없다는 것을 눈치챌 때,

---

괴이하다(怪異--) 이상야릇하다. 정상적이지 않고 별나며 괴상하다.
헤아리다 짐작하여 가늠하거나 미루어 생각하다.
동요하다(動搖--) 생각이나 처지가 확고하지 못하고 흔들리다.

여자는 그러한 자기를 얼마나 천박하게 생각할까. 그래, 구보가 망설거리는 동안, 전차는 달리고, 그들의 사이는 멀어졌다. 마침내 여자의 모양이 완전히 그의 시야에서 떠났을 때, 구보는 갑자기, 아차, 하고 뉘우친다.

행복은

그가 그렇게도 구하여 마지않던 행복은, 그 여자와 함께 영구히 가 버렸는지도 모른다. 여자는 자기에게 던져 줄 행복을 가슴에 품고서, 구보가 마음의 문을 열어 가까이 와 주기를 갈망하였는지도 모른다. 왜 자기는 여자에게 좀 더 대담하지 못하였나. 구보는, 여자가 가지고 있는 온갖 아름다운 점을 하나하나 세어 보며, 혹은 이 여자 말고 자기에게 행복을 약속하여 주는 이는 없지나 않을까, 하고 그렇게 생각하였다.

방향판을 '한강교'로 갈고 전차는 훈련원을 지났다. 구보는

천박하다(淺薄--) 학문이나 생각이 얕거나, 말이나 행동이 상스럽다.
마지않다 (동사 뒤에 '―어 마지않다' 구성으로 쓰여) 앞말이 뜻하는 행동을 진심으로 함을 강조하여 나타내는 말.
영구히(永久-) 시간상으로 무한히 이어진 상태로.
갈망(渴望) 간절히 바람.
❖ **방향판을 '한강교'로 갈고** 구보 씨가 화신상회에서 탄 동대문행 전차가 '동대문'에서 '한강교'로 행선지를 적은 방향판을 바꿔 달고 운행을 했다는 의미이다.
훈련원(訓練院) 조선 시대에 군사들의 시험, 무예, 교육을 담당했던 곳으로, 1907년에 일제에 의해 해산되었다. 그 뒤 경성 사범 학교(1921)로 바뀌었으나 작품에서는 옛 이름으로 부르고 있다.

자리에 앉아, 주머니에서 오 전 백동화(白銅貨)를 골라 꺼내면서, 비록 한 번도 꿈에 본 일은 없었더라도, 역시 그가 자기에게는 유일한 여자가 아닐까 하고 생각하여 본다.

　자기가, 그를, 그동안 대수롭지 않게 여겨 왔던 것같이 생각하는 것은, 구보가 제 감정을 속인 것에 지나지 않을지도 모른다. 그가 여자를 만나 보고 돌아왔을 때, 그는 집에서 아들을 궁금히 기다리고 있던 어머니에게 '그 여자면' 정도의 뜻을 표하였었던 것에 틀림없었다. 그러나 구보는, 어머니가 색시 집으로 솔직하게 구혼할 것을 금하였다. 그것은 허영심만에서 나온 일은 아니다. 그는 여자가 자기 생각을 안 하고 있는 경우에 객쩍게시리 여자를 괴롭혀 주고 싶지 않았던 까닭이다. 구보는 여자의 의사와 감정을 존중하고 싶었다.

　그러나, 물론, 여자에게서는 아무런 말도 하여 오지 않았다. 구보는, 여자가 은근히 자기에게서 무슨 말이 있기를 기다리고 있는 것이나 아닐까, 하고도 생각하여 보았다. 그러나 그런 것을 생각하는 것은 저 자신 우스운 일이다. 그러는 동안에, 날은 가고, 그리고 그것에 대한 흥미를 구보는 잃기 시작하였다. 혹시, 여자에게서라도 먼저 말이 있다면 ─ 그러면 구보는 다시

백동화(白銅貨) 백통화. 구리, 아연, 니켈의 합금으로 만들어진 은백색의 돈.
구혼하다(求婚--) 결혼을 청하다.
허영심(虛榮心) 자기 분수에 어울리지 않는 필요 이상의 겉치레나 외관상의 화려함에 들뜬 마음.
객쩍다(客--) 행동이나 말, 생각이 쓸데없고 싱겁다.

이 문제에 흥미를 가질 수 있을 게다. 언젠가 여자의 집과 어떻게 인척 관계가 있는 노(老)마나님이 와서 색시 집에서도 이편의 동정만 살피고 있는 듯싶더란 말을 들었을 때, 구보는 쓰디쓰게 웃고, 그리고 그것이 사실이라면, 그것은 희극이라느니보다는, 오히려 한 개의 비극이라고 생각하였다. 그러면서도 구보는 그 비극에서 자기네들을 구하기 위하여 팔을 걷고 나서려 들지 않았다.

전차가 약초정(若草町) 근처를 지나갈 때, 구보는, 그러나, 그 흥분에서 깨어나, 뜻 모를 웃음을 입가에 띠어 본다. 그의 앞에 어떤 젊은 여자가 앉아 있었다. 그 여자는 자기의 두 무릎 사이에다 양산을 놓고 있었다. 어느 잡지에선가, 구보는, 그것이 비(非)처녀성을 나타내는 것임을 배운 일이 있다. 딴은, 머리를 틀어 올렸을 뿐이나, 그만한 나이로는 저 여인은 마땅히 남편을 가졌어야 옳을 게다. 아까, 그는 양산을 어디다 놓고 있었을까 하고, 구보는, 객쩍은 생각을 하다가, 여성에 대하여 그러한 관찰을 하는 자기는, 혹은 어떠한 여자를 아내로 삼든 반드시 불행하게 만들어 주지나 않을까, 하고 생각하였다. 그러나 여자는 — 여자는 능히 자기를 행복되게 하여 줄 것인가. 구보는 자

인척(姻戚) 혼인에 의하여 맺어진 친척.
동정(動靜) 일이나 현상이 벌어지고 있는 낌새.
희극(喜劇) 남의 웃음거리가 될 만한 일이나 사건.
비극(悲劇) 인생의 슬프고 애달픈 일을 당하여 불행한 경우를 이르는 말.
약초정(若草町) 현 중구 초동의 일제 강점기 명칭.

기가 알고 있는 온갖 여자를 차례로 생각하여 보고, 그리고 가만히 한숨지었다.

일찍이

구보는 벗의 누이에게 짝사랑을 느낀 일이 있었다. 어느 여름날 저녁, 그가 벗을 찾았을 때, 문간으로 그를 응대하러 나온 벗의 누이는, 혹은 정말, 나어린 구보가 동경의 마음을 갖기에 알맞도록 아름답고, 깨끗하였는지도 모른다. 열다섯 살짜리 문학 소년은 그를 사랑하고 싶다 생각하고, 뒷날 그와 결혼할 수 있다 하면, 응당 자기는 행복이리라 생각하고, 자주 벗을 찾아가 그와 만날 기회를 엿보고, 혹 만나면 저 혼자 얼굴을 붉히고, 그리고 돌아와 밤늦게 여러 편의 연애시를 초(草)하였다. 그러나, 그가 자기보다 세 살이나 위라는 것을 생각할 때, 구보의 마음은 불안하였다. 자기가 한 여자의 앞에서 자기의 사랑을 고백하여도 결코 서투르지 않을 나이가 되었을 때, 여자는, 이미, 그 전에, 다른, 더 나이 먹은 이의 사랑을 용납해 버릴 게다.

응대하다(應待--) 응접하다(應接--). 손님을 맞아들여 접대하다.
나어리다 나이가 어리다.
동경(憧憬) 어떤 것을 간절히 그리워하여 그것만을 생각함.
초하다(草--) 글의 초안을 잡다.
용납하다(容納--) 너그러운 마음으로 남의 말이나 행동을 받아들이다.

그러나 구보가 그것에 대하여 아무런 대책도 강구할 수 있기 전에, 여자는, 참말, 나이 먹은 남자의 품으로 갔다. 열일곱 살 먹은 구보는, 자기의 마음이 퍽 괴롭고 슬픈 것같이 생각하려 들고, 그리고, 그러면서도, 그들의 행복을 특히 남자의 행복을 빌려 들었다. 그러한 감정은 그가 읽은 문학서류에 얼마든지 씌어 있었다. 결혼 비용 삼천 원. 신혼여행은 동경으로. 관수동(觀水洞)에 그들 부처(夫妻)를 위하여 개축된 집은 행복을 보장하는 듯싶었다.

이번 봄에 들어서서, 구보는 벗과 더불어 그들을 찾았다. 이미 두 아이의 어머니인 여인 앞에서, 구보는 얼굴을 붉히는 일 없이 평범한 이야기를 서로 할 수 있었다. 구보가 일곱 살 먹은 사내아이를 영리하다고 칭찬하였을 때, 젊은 어머니는, 그러나 그 애가 이 골목 안에서는 그중 나이 어림을 말하고, 그리고 나이 먹은 아이들이란, 저희보다 적은 아이에게 대하여 얼마든지 교활할 수 있음을 한탄하였다. 언제든 딱지를 가지고 나가서는, 최후의 한 장까지 빼앗기고 들어오는 아들이 민망하여, 하루는 그 뒤에 연필로 하나하나 표를 하여 주고 그것을 또 다 잃고 돌아왔을 때, 그는 골목 안의 아이들을 모아, 그들이 가지고 있는

강구하다(講究--) 좋은 대책과 방법을 궁리하여 찾아내거나 좋은 대책을 세우다.
부처(夫妻) 부부. 남편과 아내.
개축되다(改築--) 집이나 축조물 등이 허물어지거나 낡아서 새로 건축되다.
교활하다(狡猾--) 간사하고 꾀가 많다.

딱지에서 원래의 내 아이 물건을 가려 내어, 거의 모조리 회수할 수 있었다는 이야기를, 젊은 어머니는 일종의 자랑조차 가지고 구보에게 들려주었었다…….

 구보는 가만히 한숨짓는다. 그가 그 여인을 아내로 삼을 수 없었던 것은, 결코 불행이 아니었다. 그러한 여인은, 혹은, 한평생을 두고, 구보에게 행복이 무엇임을 알 기회를 주지 않았을지도 모른다.

 조선은행 앞에서 구보는 전차를 내려, 장곡천정(長谷川町)으로 향한다. 생각에 피로한 그는 이제 마땅히 다방에 들러 한잔의 홍차를 즐겨야 할 것이다.

 몇 점이나 되었나. 구보는, 그러나, 시계를 갖지 않았다. 갖는다면, 그는 우아한 회중시계를 택할 게다. 팔뚝시계는 — 그것은 소녀 취미에나 맞을 게다. 구보는 그렇게도 팔뚝시계를 갈망하던 한 소녀를 생각하였다. 그는 동리에 전당(典當) 나온 십팔금 팔뚝시계를 탐내고 있었다. 그것은 사 원 팔십 전에 구할 수

회수하다(回收--) 도로 거두어들이다.
❧ 그가 그 여인을 아내로 ~ 결코 불행이 아니었다 '그 여인'은 구보가 문학 소년 시절 짝사랑하던 친구의 누이로, 그 시절 구보는 그녀와 결혼을 하면 행복할 것이라고 상상했었다. 이 구절은, 자신에게 그렇게 생각되었던 '그 여인'이 지금은 평범한 한 아이의 어머니로 살아가는 모습을 보고 실망한 구보의 마음을 표현한 것이다.
장곡천정(長谷川町) 현 중구 소공동의 일제 강점기 명칭.
회중시계(懷中時計) 주머니 따위에 넣고 다닐 수 있도록 작게 만든 시계.
팔뚝시계(--時計) 손목시계.
전당(典當) 기한 내에 돈을 갚지 못하면 맡긴 물건 등을 마음대로 처분하여도 좋다는 조건에 물건을 맡기고 돈을 빌리는 일.

있었다. 그리고, 그는, 그 시계 말고, 치마 하나를 해 입을 수 있을 때에, 자기는 행복의 절정에 이를 것같이 생각하고 있었다.

벰베르크 실로 짠 보일 치마. 삼 원 육십 전. 하여튼 팔 원 사십 전이 있으면, 그 소녀는 완전히 행복일 수 있었다. 그러나, 구보는, 그 결코 크지 못한 욕망이 이루어졌음을 듣지 못했다.

구보는, 자기는, 대체, 얼마를 가져야 행복일 수 있을까 생각해 본다.

다방의

오후 두 시, 일을 가지지 못한 사람들이 그곳 등의자(藤椅子)에 앉아, 차를 마시고, 담배를 태우고, 이야기를 하고, 또 레코드를 들었다. 그들은 거의 다 젊은이들이었고, 그리고 그 젊은이들은 그 젊음에도 불구하고, 이미 자기네들은 인생에 피로한 것같이 느꼈다. 그들의 눈은 그 광선이 부족하고 또 불균등한 속에서 쉴 사이 없이 제각각의 우울과 고달픔을 하소연한다. 때

벰베르크(bemberg) 독일의 벰베르크 회사가 면화·목재 펄프·황산구리·암모니아·수산화나트륨 등을 원료로 해서 만든 인조 견사. 광택이 부드럽고 마찰에 강하나 물에 약하다.
  인조 견사(人造絹絲) 천연 섬유소로 명주실 비슷하게 인공적으로 만든 실.
보일(voile) 성기게 짜서 비쳐 보이는 얇고 가벼운 직물. 여성용 속옷, 스카프 등에 쓴다.
등의자(藤椅子) 등(藤)의 줄기로 엮어 만든 의자.
  등(藤) 콩과의 낙엽 덩굴성 식물. 줄기는 길이가 10m 정도이고 마디가 있다.

로, 탄력 있는 발소리가 이 안을 찾아들고, 그리고 호화로운 웃음소리가 이 안에 들리는 일이 있었다. 그러나 그것들은 이곳에 어울리지 않았고, 그리고 무엇보다도 다방에 깃들인 무리들은 그런 것을 업신여겼다.

구보는 아이에게 한 잔의 가배차와 담배를 청하고 구석진 등탁자(藤卓子)로 갔다. 나는 대체 얼마가 있으면 — 그의 머리 위에 한 장의 포스터가 걸려 있었다. 어느 화가의 '도구유별전(渡歐留別展)'. 구보는 자기에게 양행비(洋行費)가 있으면, 적어도 지금 자기는 거의 완전히 행복일 수 있으리라 생각한다. 동경에라도 — 동경도 좋았다. 구보는 자기가 떠나온 뒤의 변한 동경이 보고 싶다 생각한다. 혹은 더 좀 가까운 데라도 좋았다. 지극히 가까운 데라도 좋았다. 오십 마일〔哩〕 이내의 여정에 지나지 않더라도, 구보는, 조그만 슈트케이스를 들고 경성역에 섰을 때, 응당 자기는 행복을 느끼리라 믿는다. 그것은 금전과 시간이 주는 행복이다. 구보에게는 언제든 여정에 오르려면, 오를 수 있는 시간의 준비가 있었다…….

구보는 차를 마시며, 약간의 금전이 가져다줄 수 있는 온갖 행복을 손꼽아 보았다. 자기도, 혹은, 팔 원 사십 전을 가지면,

---

가배차(珈琲茶) '커피차(coffee茶)', 즉 '커피'를 이름.
도구유별전(渡歐留別展) 어느 화가가 유학을 떠나기 전에 개최하는 고별 전시회.
양행비(洋行費) 서양으로 가는 데 드는 돈.
여정(旅程) 여행의 과정이나 일정.
경성역(京城驛) 지금의 '서울역'을 이름.

우선, 조그만 한 개의, 혹은, 몇 개의 행복을 가질 수 있을 게다. 구보는, 그러한 저 자신을 비웃으려 들지 않았다. 오직 고만한 돈으로 한때 만족할 수 있는 그 마음은 애달프고 또 사랑스럽지 않은가.

구보는 담배에 불을 붙이며 자기가 원하는 최대의 욕망은 대체 무엇일까, 하였다. 이시카와 다쿠보쿠〔石川啄木〕는 화롯가에 앉아 곰방대를 닦으며, 참말로 자기가 원하는 것이 무엇일까, 생각하였다. 그러나 그것은 있을 듯하면서도 없었다. 혹은, 그럴 게다. 그러나 구태여 말하여, 말할 수 없을 것도 없을 게다. "원거마의경구 여붕우공 폐지이무감(願車馬衣輕裘 與朋友共 敝之而無憾)"은 자로(子路)의 뜻이요, "좌상객상만 준중주불공(座上客常滿 樽中酒不空)"은 공융(孔融)의 원하는 바였다. 구보는, 저도 역시, 좋은 벗들과 더불어 그 즐거움을 함께하였으면 한다.

✤ 이시카와 다쿠보쿠〔石川啄木〕 일본 메이지 시대의 시인이자 평론가(1886~1912). 1910년 가집 『한 줌의 모래』를 간행하여 가단의 주목을 끌었다.
곰방대 칼 따위로 썬 담배를 피우는 데 쓰는 짧은 담뱃대.
✤ 원거마의경구 여붕우공 폐지이무감(願車馬衣輕裘 與朋友共 敝之而無憾) 〈논어(論語)〉의 '공야장(公冶長)'에 나오는 말로, '수레와 말과 가벼운 털옷을 벗과 함께 쓰다가 해지더라도 유감이 없고자 한다.'라는 뜻이다.
자로(子路) 중국 춘추 시대 노나라의 유학자. 공자의 제자 가운데 뛰어난 열 사람 중 한 사람으로, 공자를 제일 잘 섬겼다고 한다.
✤ 좌상객상만 준중주불공(座上客常滿 樽中酒不空) 〈삼국지(三國志)〉에 나오는 말로, '자리에는 언제나 손님이 가득하고, 술독에는 술이 떨어지지 않는다.'는 뜻이다.
공융(孔融) 중국 후한 말의 학자로 문필에 능하였다. 북해의 재상이 되어 학교를 세웠고, 조조를 비판·조소하다가 일족과 함께 처형되었다.

갑자기 구보는 벗이 그리워진다. 이 자리에 앉아 한잔의 차를 나누며, 또 같은 생각 속에 있고 싶다 생각한다……

구둣발 소리가 바깥 포도(鋪道)를 걸어와, 문 앞에 서고, 그리고 다음에 소리도 없이 문이 열렸다. 그러나 그는 구보의 벗이 아니었다. 뿐만 아니라, 두 사람의 시선이 마주쳤을 때, 두 사람은 거의 일시에 머리를 돌리고 그리고 구보는 그의 고요한 마음속에 음울을 갖는다.

그 사내와,

구보는, 일찍이, 인사를 한 일이 있었다. 그러나, 그것은 공교롭게 어두운 거리에서이었다. 한 벗이 그를 소개하였다. 말씀은 많이 들었습니다, 하고 그는 말하였었다. 사실 그는 구보의 이름과 또 얼굴을 전부터 알고 있었던 것임에 틀림없었다. 그러나 구보는, 구보는 그를 몰랐다. 모른 채 어두운 곳에서 그대로 헤어져 버린 구보는 뒤에 그를 만나도, 그를 그라고 알아내지 못하였다. 그 사내는 구보가 자기를 보고도 알은체 안 하는 것에

포도(鋪道) 포장도로 길에 돌과 모래를 깔고 그 위에 시멘트나 아스팔트로 덮어 다져서 사람이나 차가 다닐 수 있게 꾸민 길.
음울(陰鬱) 기분이나 분위기가 음침하고 우울함.

응당 모욕을 느꼈을 게다. 자기를 자기라 알고도 모르는 체하는 것이라 생각할 때, 그의 마음은 평온할 수 없었을 게다. 그러나 구보는, 구보는 몰랐고, 모르면 태연할 수 있다. 자기를 볼 때마다 황당하게, 또 불쾌하게 시선을 돌리는 그 사내를, 구보는 오직 괴이하게만 여겨 왔다. 괴이하게만 여겨 오는 동안은 그래도 좋았다. 마침내 구보가 그를 그라고 알아낼 수 있었을 때, 그것은 그의 마음에 암영(暗影)을 주었다. 그 뒤부터 구보는 그 사내와 시선이 마주치면, 역시 당황하게, 그리고 불안하게 고개를 돌리는 수밖에 없었다. 그것은 사람의 마음을 우울하게 하여 놓는다. 구보는 다방 안의 한 구획을 그의 시야 밖에 두려 노력하며, 사람과 사람 사이의 교섭의 번거로움을 새삼스러이 느끼지 않으면 안 된다.

구보는 백동화를 두 푼, 탁자 위에 놓고, 그리고 공책을 들고 그 안을 나왔다. 어디로 — 그는 우선 부청(府廳) 쪽으로 향하여 걸으며, 아무튼 벗의 얼굴이 보고 싶다, 생각하였다. 구보는 거리의 순서로 벗들을 마음속에 헤아려 보았다. 그러나 이 시각에 집에 있을 사람은 하나도 없을 듯싶었다. 어디로 — 구보는 한

모욕(侮辱) 깔보고 욕되게 함.
암영(暗影) 1. 어두운 그림자. 2. 어떤 일을 이루는 데 지장이나 방해가 되는 나쁜 징조나 그 영향을 비유적으로 이르는 말.
교섭(交涉) 어떤 일을 이루기 위하여 서로 의논하고 절충함.
부청(府廳) 일제 강점기에, 부(府)의 행정 사무를 처리하던 관청. 여기에서는 '경성 부청(지금의 서울 시청)'을 가리킴.
 부(府) 일제 강점기에, 군(郡)보다 위의 등급으로 설치한 지방 행정 구역. 지금의 시(市)에 해당함.

길 위에 서서, 넓은 마당 건너 대한문(大漢門)을 바라본다. 아동 유원지 유동 의자(遊動椅子)에라도 앉아서……. 그러나 그 빈약한, 너무나 빈약한 옛 궁전은, 역시 사람의 마음을 우울하게 하여 주는 것임에 틀림없었다.

구보가 다 탄 담배를 길 위에 버렸을 때, 그의 옆에 아이가 와 선다. 그는 구보가 다방에 놓아 둔 채 잊어버리고 나온 단장을 들고 있었다. 고맙다. 구보는 그렇게도 방심한 저 자신을 쓰게 웃으며, 달음질하여 다방으로 돌아가는 아이의 뒷모양을 이윽히 바라보고 있다가, 자기도 그 길을 되걸어 갔다.

다방 옆 골목 안. 그곳에서 젊은 화가는 골동점을 경영하고 있었다. 구보는 그 방면에 대한 지식을 갖지 않는다. 그러나, 하여튼 그것은 그의 취미에 맞았고, 그리고 기회 있으면 그 방면의 이야기를 듣고 싶다 생각한다. 온갖 지식이 소설가에게는 필요하다.

그러나 벗은 점(店)에 있지 않았다.

"바로 지금 나가셨습니다."

그리고 기둥에 걸린 시계를 쳐다보며

대한문(大漢門) 덕수궁의 정문. 대한 제국 광무 원년(1897)에 고종이 덕수궁으로 거처를 옮긴 뒤, 1906년에는 정문인 대안문(大安門)을 이 이름으로 바꾸게 하였다.
아동 유원지 1933년에 덕수궁을 일반에 개방하면서 이왕직 미술관으로 쓰던 석조전 뒤쪽에 꾸민 어린이 놀이터이다.
유동 의자(遊動椅子) '유동(遊動)'은 '자유로이 움직임'을 의미하며, 여기에서의 '유동 의자'는 '의자처럼 생긴 그네'를 뜻한다.
골동점(骨董店) 오래되었거나 희귀한 옛날의 가구나 예술품을 파는 가게.

"한 십 분, 됐을까요."

점원은 덧붙여 말하였다.

구보는 골목을 전찻길로 향하여 걸어 나오며, 그 십 분이란 시간이 얼마만한 영향을 자기에게 줄 것인가, 생각한다.

한길 위에 사람들은 바쁘게 또 일 있게 오고 갔다. 구보는 포도 위에 서서, 문득, 자기도 창작을 위하여 어디, 예(例)하면 서소문정(西小門町) 방면이라도 답사할까 생각한다. '모더놀로지'를 게을리하기 이미 오래다.

그러나 그러한 생각과 함께 구보는 격렬한 두통을 느끼며, 이제 한 걸음도 더 옮길 수 없을 것 같은 피로를 전신에 깨닫는다. 구보는 얼마 동안을 망연히 그곳, 한길 위에 서 있었다…….

얼마 있다

구보는 다시 걷기로 한다. 여름 한낮의 뙤약볕이 맨머릿바람의 그에게 현기증을 주었다. 그는 그곳에 더 그렇게 서 있을 수

서소문정(西小門町) 현 중구 서소문동의 일제 강점기 명칭.
답사(踏査) 현장에 가서 직접 보고 조사함.
모더놀로지(modernology, 考現學) '현대(modern)'와 '고고학(archaeology)'의 합성어로, 현대 사회의 생활 양식이나 문화 현상 따위를 조사, 기록, 연구하고 그 참모습을 파악하여 장래의 발전을 위한 자료를 제공하는 학문. 현대의 풍속이나 세태를 어떻게 기록, 해설하느냐에 그 목적이 있다.
망연히(茫然-) 아무 생각이 없이 멍하게.
맨머릿바람 머리에 아무것도 쓰지 아니한 차림새.

없다. 신경 쇠약. 그러나 물론, 쇠약한 것은 그의 신경뿐이 아니다. 이 머리를 가져, 이 몸을 가져, 대체 얼마만한 일을 나는 하겠단 말인가. 때마침 옆을 지나는 장년의, 그 정력가형 육체와 탄력 있는 걸음걸이에 구보는, 일종 위압조차 느끼며, 문득, 아홉 살 때에 집안 어른의 눈을 기어 〈춘향전〉을 읽었던 것을 뉘우친다. 어머니를 따라 일갓집에 갔다 와서, 구보는 저도 얘기책이 보고 싶다 생각하였다. 그러나 집안에서는 그것을 금했다. 구보는 남몰래 안잠자기에게 문의하였다. 안잠자기는 세책(貰冊)집에는 어떤 책이든 있다는 것과 일 전이면 능히 한 권을 세내 올 수 있음을 말하고, 그러나 꾸중 들우. 그리고 다음에, 재밌긴 〈춘향전〉이 제일이지, 그렇게 그는 혼잣말을 하였었다. 한 푼의 동전과 한 개의 주발 뚜껑, 그것들이, 십칠 년 전의 그것들이, 뒤에 온, 그리고 또 올, 온갖 것의 근원이었을지도 모른다. 자기 전에 읽던 얘기책들. 밤을 새워 읽던 소설책들. 구보의 건강은 그의 소년 시대에 결정적으로 손상되었던 것임에 틀림없다……

위압(威壓) 위엄이나 위력 따위로 압박하거나 정신적으로 억누름. 또는 그런 압력.
기다 '기이다'의 준말. 어떤 일을 숨기고 바른대로 말하지 않다. 여기에서의 '어른들의 눈을 기어'는 '어른들의 눈을 피해(어른들 몰래)' 정도의 의미로 볼 수 있음.
안잠자기 남의 집에서 먹고 자며 그 집의 일을 도와주는 여자.
세책집(貰冊-) 돈을 받고 책을 빌려 주는 책방.
세내다(貰--) 돈을 주고 남의 것을 빌려 쓰다.
주발(周鉢) 놋쇠로 만든 밥그릇. 위가 약간 벌어지고 뚜껑이 있다.
근원(根源) 사물이 비롯되는 근본이나 원인.

변비, 요의빈삭(尿意頻數), 피로, 권태, 두통, 두중(頭重), 두압(頭壓), 모리타 쇼마〔森田正馬〕 박사의 단련 요법……. 그러한 것은 어떻든, 보잘것없는, 아니, 그 살풍경하고 또 어수선한 태평통(太平通)의 거리는 구보의 마음을 어둡게 한다. 그는 저, 불결한 고물상들을 어떻게 이 거리에서 쫓아낼 것인가를 생각하며, 문득, 반자의 무늬가 눈에 시끄럽다고, 양지(洋紙)로 반자를 발라 버렸던 서해(曙海)도 역시 신경 쇠약이었음에 틀림없었다고, 이름 모를 웃음을 입가에 띠어 보았다. 서해의 너털웃음. 그것도 생각하여 보면, 역시, 공허한, 적막한 음향이었다.

구보는 고인(故人)에게서 받은 〈홍염(紅焰)〉을 이제도록 한 페이지도 들춰 보지 않았던 것을 생각해 내고, 그리고 딱한 표

요의빈삭(尿意頻數) 소변이 자주 마려운 증세. 하루에 소변을 10회 이상 보며, 방광이나 요도 뒷부분의 염증 등이 원인이다.
권태(倦怠) 어떤 일이나 상태에 시들해져서 생기는 게으름이나 싫증.
두중(頭重) 머리가 무겁고 무엇으로 싼 듯한 느낌이 있는 증상.
두압(頭壓) 머리를 누르는 듯한 느낌이 있는 증상.
✤ **모리타 쇼마〔森田正馬〕 박사의 단련 요법** 모리타 쇼마(1874~1938)는 일본의 정신 의학자로 신경증의 치료법인 모리타 요법을 창시한 인물이다. '모리타 쇼마 박사의 단련 요법'이란, 환자로 하여금 자신의 증상을 일상 생활의 일부로 받아들이도록 하여 환자가 불안이나 긴장, 공포를 느낌에도 불구하고 건설적인 생활을 하는 법을 배우도록 하는 신경증 치료법을 뜻한다.
살풍경하다(殺風景--) 풍경이 보잘것없이 메마르고 스산하다.
태평통(太平通) 현 태평로의 일제 강점기 명칭. 세종로 사거리를 기점으로 하여 남대문 앞에 이르는 도로. 이 도로의 이름은 남대문 서북쪽에 조선 시대 중국 사신이 머물던 태평관(太平館)이 있었던 데서 유래하였다.
반자 지붕 밑이나 위층 바닥 밑을 편평하게 하여 치장한 각 방의 윗면. 곧 천장을 가리킴.
양지(洋紙) 서양에서 들어온 종이. 또는 서양식으로 만든 종이.
서해(曙海) 소설가 최서해(1901~1932). 본명은 학송(鶴松)이며, 서해는 호이다. 자신이 체험한 밑바닥 생활을 바탕으로 하여 문학 작품을 창작하였으며, 신경향파의 기수로서 활동하였다. 작품에 〈고국〉, 〈홍염〉, 〈탈출기〉 등이 있다.
고인(故人) 죽은 사람. 여기에서는 '서해'를 가리킴.

정을 지었다. 그가 읽지 않은 것은 오직 서해의 작품뿐이 아니다. 독서를 게을리하기 이미 삼 년. 언젠가 구보는 지식의 고갈을 느끼고 악연(愕然)하였다.

갑자기 한 젊은이가 구보의 시야에 들어왔다. 그는 구보가 향하여 걸어가고 있는 곳에서 왔다. 구보는 그를 어디서 본 듯싶었다. 자기가 마땅히 알아보아야만 할 사람인 듯싶었다. 마침내 두 사람의 거리가 한 칸통으로 단축되었을 때, 문득 구보는 어린 시절을 회상하고, 그리고 그곳에 옛 동무를 발견한다. 그리운 옛 시절. 그리운 옛 동무. 그들은 보통학교를 나온 채 이제도록 한 번도 못 만났다. 그래도 구보는 그 동무의 이름까지 기억 속에서 찾아낸다.

그러나 옛 동무는 너무나 영락(零落)하였다. 모시 두루마기에 흰 고무신, 오직 새로운 맥고모자를 쓴 그의 행색은 너무나 초라하다. 구보는 망설거린다. 그대로 모른 체하고 지날까. 옛 동무는 분명히 자기를 알아본 듯싶었다. 그리고, 구보가 자기를 알아볼 것을 두려워하는 듯싶었다. 그러나, 그러나 마침내 두 사람이 서로 지나치는, 그 마지막 순간을 포착하여, 구보는 용기를 내었다.

고갈(枯渴) 느낌이나 생각 따위가 다 없어짐.
악연하다(愕然--) 몹시 놀라 정신이 아찔하다.
영락하다(零落--) 세력이나 살림이 줄어들어 보잘것없이 되다.
맥고모자(麥藁帽子) 밀짚모자.

"이거 얼마 만이야, 유(劉) 군."

그러나 벗은 순간에 약간 얼굴조차 붉히며,

"네, 참 오래간만입니다."

"그동안 서울에, 늘, 있었어."

"네."

구보는 다음에 간신히,

"어째서 그렇게 뵈올 수 없었에요."

한마디를 하고, 그리고 서운한 감정을 맛보며, 그래도 또 무슨 말이든 하고 싶다 생각할 때, 그러나 벗은, 그만 실례합니다, 그렇게 말하고, 그리고 구보의 앞을 떠나, 저 갈 길을 가 버린다.

구보는 잠깐 그곳에 섰다가 다시 고개 숙여 걸으며 울 것 같은 감정을 스스로 억제하지 못한다.

조그만

한 개의 기쁨을 찾아, 구보는 남대문을 안에서 밖으로 나가 보기로 한다. 그러나 그곳에는 불어드는 바람도 없이, 양옆에 웅숭그리고 앉아 있는 서너 명의 지게꾼들의 그 모양이 맥없다.

웅숭그리다 춥거나 두려워 몸을 궁상맞게 몹시 웅크리다.
지게꾼 지게로 짐 나르는 일을 직업으로 하는 사람.

구보는 고독을 느끼고, 사람들 있는 곳으로, 약동하는 무리들이 있는 곳으로, 가고 싶다 생각한다. 그는 눈앞에 경성역을 본다. 그곳에는 마땅히 인생이 있을 게다. 이 낡은 서울의 호흡과 또 감정이 있을 게다. 도회의 소설가는 모름지기 이 도회의 항구와 친하여야 한다. 그러나 물론 그러한 직업의식은 어떻든 좋았다. 다만 구보는 고독을 삼등 대합실 군중 속에 피할 수 있으면 그만이다.

　그러나 오히려 고독은 그곳에 있었다. 구보가 한옆에 끼여 앉을 수도 없게시리 사람들은 그곳에 빽빽하게 모여 있어도, 그들의 누구에게서도 인간 본래의 온정을 찾을 수는 없었다. 그네들은 거의 옆엣 사람에게 한 마디 말을 건네는 일도 없이, 오직 자기네들 사무에 바빴고, 그리고 간혹 말을 건네도, 그것은 자기네가 타고 갈 열차의 시각이나 그러한 것에 지나지 않았다. 그네들의 동료가 아닌 사람에게 그네들은 변소에 다녀올 동안의 그네들 짐을 부탁하는 일조차 없었다. 남을 결코 믿지 않는 그네들의 눈은 보기에 딱하고 또 가엾었다.

약동하다(躍動--) 생기 있고 활발하게 움직이다.
도회(都會) 사람이 많이 살고 상공업이 발달한 번잡한 지역. 즉, 도시를 일컫는 말.
✤ 도회의 소설가는 모름지기 이 도회의 항구와 친하여야 한다 '도회의 소설가'는 구보가 자신을 지칭한 말이고 '도회의 항구'는 '경성역'을 비유한 말이다. 소설가 구보의 창작 방법인 고현학이 도시의 세태 풍속을 관찰 기록하는 데 목적이 있으므로, 다양한 부류의 사람들이 몰려드는 경성역이 도시의 세태 풍속을 살피는 데 있어서 안성맞춤이라는 구보의 생각을 표현한 구절이다.
삼등(三等) 세 번째 등급.
대합실(待合室) 역·병원 등의 공공시설에서, 손님이 쉬며 기다릴 수 있도록 마련한 곳.

구보는 한구석에 가 서서, 그의 앞에 앉아 있는 노파를 본다. 그는 뉘 집에 드난을 살다가 이제 늙고 또 쇠잔한 몸을 이끌어, 결코 넉넉하지 못한 어느 시골, 딸네 집이라도 찾아가는지 모른다. 이미 굳어 버린 그의 안면 근육은 어떠한 다행한 일에도 펴질 턱 없고, 그리고 그의 몽롱한 두 눈은 비록 그의 딸의 그지없는 효양(孝養)을 가지고도 감동시킬 수 없을지 모른다. 노파 옆에 앉은 중년의 시골 신사는 그의 시골서 조그만 백화점을 경영하고 있을 게다. 그의 점포에는 마땅히 주단포목도 있고, 일용 잡화도 있고, 또 흔히 쓰이는 약품도 갖추어 있을 게다. 그는 이제 그의 옆에 놓인 물품을 들고 자랑스러이 차에 오를 게다. 구보는 그 시골 신사가 노파와 사이에 되도록 간격을 가지려고 노력하는 것을 발견하고, 그리고 그를 업신여겼다. 만약 그에게 옅은 지혜와 또 약간의 용기를 주면 그는 삼등 승차권을 주머니 속에 간수하고 일이등 대합실에 오만하게 자리 잡고 앉을 게다.

문득 구보는 그의 얼굴에 부종(浮腫)을 발견하고 그의 앞을 떠났다. 신장염. 그뿐 아니라, 구보는 자기 자신의 만성 위확장

드난 임시로 남의 집 행랑에 붙어 지내며 그 집의 일을 도와줌. 또는 그런 사람.
  행랑(行廊) 예전에, 대문 안에 죽 벌여서 지어 주로 하인이 거처하던 방.
쇠잔하다(衰殘--) 쇠하여 힘이나 세력이 점점 약해지다.
효양(孝養) 어버이를 효성으로 봉양함.
주단포목(紬緞布木) 명주, 비단, 베, 무명 등의 온갖 직물류를 통틀어 이르는 말.
일용 잡화(日用雜貨) 일상생활에서 쓰는 잡다한 물품.
오만하다(傲慢--) 태도나 행동이 건방지거나 거만하다.
부종(浮腫) 몸이 붓는 증상. 심장병이나 콩팥병 또는 몸의 어느 한 부분의 혈액 순환 장애로 생긴다.

(胃擴張)을 새삼스러이 생각해 내지 않으면 안 되었다. 그러나 구보가 매점 옆에까지 갔었을 때, 그는 그곳에서도 역시 병자를 보지 않으면 안 되었다. 사십여 세의 노동자. 전경부(前頸部)의 광범한 팽륭(澎隆). 돌출한 안구. 또 손의 경미한 진동. 분명한 바제도씨병. 그것은 누구에게든 결코 깨끗한 느낌을 주지는 못한다. 그의 좌우에는 좌석이 비어 있어도 사람들은 그곳에 앉으려 들지 않는다. 뿐만 아니라, 그에게서 두 칸통 떨어진 곳에 있던 아이 업은 젊은 아낙네가 그의 바스켓 속에서 꺼내다 잘못하여 시멘트 바닥에 떨어뜨린 한 개의 복숭아가 굴러 병자의 발 앞에까지 왔을 때, 여인은 그것을 쫓아와 집기를 단념하기조차 하였다.

구보는 이 조그만 사건에 문득, 흥미를 느끼고, 그리고 그의 '대학 노트'를 펴 들었다. 그러나 그가 문 옆에 기대어 섰는 캡 쓰고 린네르 쓰메에리 양복 입은 사내의, 그 온갖 사람에게 의

전경부(前頸部) 목의 앞쪽 부분.
팽륭(澎隆) 크게 부풀어 오르고 튀어나온 모습.
돌출하다(突出--) 쑥 내밀거나 불거져 있다.
바제도씨병 바제도병(Basedow病). 갑상선 호르몬의 과잉 분비 때문에 일어나는 갑상선 기능 항진증의 대표적인 질환.
린네르 리넨(linen). 아마과의 한해살이 풀인 아마(亞麻)의 실로 짠 얇은 직물을 통틀어 이르는 말. 굵은 실로 짠 것은 양복감으로 쓰고, 가는 실로 짠 것은 셔츠, 손수건, 실내 장식품 따위를 만드는 데 쓴다.
쓰메에리(つめえり) 깃의 높이가 4cm쯤 되게 하여, 목을 둘러 바싹 여미게 지은 양복.
✿ 문 옆에 기대어 섰는 캡 쓰고 린네르 쓰메에리 양복 입은 사내 온갖 사람을 의혹의 시선으로 바라보고 있다는 것을 볼 때 이 '사내'는 사람들을 감시하는 형사일 것이라 추측할 수 있다. 여기에서 감시와 통제가 일상화된 당시의 식민지 조선의 모습을 짐작할 수 있다.

혹을 갖는 두 눈을 발견하였을 때, 구보는 또다시 우울 속에 그곳을 떠나지 않으면 안 된다.

개찰구˚ 앞에

두 명의 사내가 서 있었다. 낡은 파나마˚에 모시 두루마기 노랑 구두를 신고, 그리고 손에 조그만 보따리 하나도 들지 않은 그들을, 구보는, 확신을 가져 무직자˚라고 단정한다. 그리고 이 시대의 무직자들은, 거의 다 금광 브로커˚에 틀림없었다. 구보는 새삼스러이 대합실 안팎을 둘러본다. 그러한 인물들은, 이곳에도 저곳에도 눈에 띄었다.

황금광 시대(黃金狂時代)˚.

저도 모를 사이에 구보의 입술엔 무거운 한숨이 새어 나왔다. 황금을 찾아, 황금을 찾아. 그것도 역시 숨김 없는 인생의, 분명히, 일면이다. 그것은 적어도, 한 손에 단장과 또 한 손에 공책을 들고, 목적 없이 거리로 나온 자기보다는 좀 더 진실한 인생

개찰구(改札口) 개표구. 차표를 들어가는 입구에서 검사하고 사람들을 안으로 받아들이는 곳.
파나마(panama) 파나마풀의 잎을 잘게 찢어서 만든 여름 모자.
무직자(無職者) 일정한 직업이 없는 사람.
브로커(broker) 물건을 파는 사람과 사는 사람을 연결시켜 주는 중간 상인.
황금광 시대(黃金狂時代) '황금에 미친 시대'라는 의미이다. 1930년대 금 생산을 적극적으로 독려하는 일제의 산금(産金) 정책에 따라 전국 방방곡곡에서 금광을 개발하려는 열풍이 일어났는데, 바로 이 시기를 '황금광 시대'라고 불렀다.

이었을지도 모른다. 시내에 산재한 무수한 광무소(鑛務所). 인지대 백 원. 열람비 오 원. 수수료 십 원. 지도대(地圖代) 십팔 전 …… 출원 등록된 광구, 조선 전토(全土)의 칠 할. 시시각각으로 사람들은 졸부가 되고, 또 몰락하여 갔다. 황금광 시대. 그들 중에는 평론가와 시인, 이러한 문인들조차 끼여 있었다.✤ 구보는 일찍이 창작을 위하여 그의 벗의 광산에 가 보고 싶다 생각하였다. 사람들의 사행심, 황금의 매력, 그러한 것들을 구보는 보고, 느끼고, 하고 싶었다. 그러나, 고도의 금광열은, 오히려, 총독부 청사, 동측(東側) 최고층, 광무과(鑛務課) 열람실에서 볼 수 있었다✤…….

문득, 한 사내가 둥글넓적한, 그리고 또 비속한 얼굴에 웃음

산재하다(散在--) 여기저기 흩어져 있다.
광무소(鑛務所) 광업에 관한 모든 제출 서류를 대신 써 주던 영업소.
인지대(印紙代) 수수료를 낸 것을 증명하기 위해 서류에 붙이는 증표의 값으로 치르는 돈.
지도대(地圖代) 토지의 면적이나 현황을 나타내기 위해 국가가 만든 평면 지도를 발급받기 위해 내는 돈.
출원 등록(出願登錄) 법률이 정한 절차에 따라 일정한 권리 관계를 관공서에 청구하여 관공서 장부에 기재하는 일.
광구(鑛區) 관청에서 어떤 광물의 채굴이나 시굴을 허가한 구역.
졸부(猝富) 벼락부자. 갑자기 된 부자.
✤ 그들 중에는 평론가와 시인, 이러한 문인들조차 끼여 있었다 소설가이자 평론가인 팔봉 김기진이 대표적인 문인 출신 금광 사업가였다. 그는 1934년 11월 자신의 금광 사업 경험을 바탕으로 쓴 단편 〈장(張) 덕대〉를 발표하였다.
사행심(射倖心) 요행, 즉 뜻밖에 얻는 행운을 바라는 마음.
광무과(鑛務課) 전국적으로 광산 및 지질을 조사하고 금광업을 제도적으로 지원한 조선총독부 농상공부 상공국 산하 기관.
✤ 그러나, 고도의 금광열은, ~ 열람실에서 볼 수 있었다 금광을 직접 찾아가지 않고 조선 총독부의 해당 관청에만 가 보아도 사람들의 금광에 대한 욕망을 쉽게 확인할 수 있다는 것이다.
비속하다(卑俗--) 격이 낮고 속되다.

을 띠고, 구보 앞에 그의 모양 없는 손을 내민다. 그도 벗이라면 벗이었다. 중학 시대의 열등생. 구보는 그래도 약간 웃음에 가까운 표정을 지어 보이고, 그리고, 단장 든 손을 그대로 내밀어 그의 손을 가장 엉성하게 잡았다. 이거 얼마 만이야. 어디, 가나. 응, 자네는.

구보는 친하지 않은 사람에게 '자네' 소리를 들으면 언제든 불쾌하였다. '해라'는, 해라는 오히려 나았다. 그 사내는 주머니에서 금시계를 꺼내 보고, 다음에 구보의 얼굴을 쳐다보며, 저기 가서 차라도 안 먹으려나. 전당폿집의 둘째 아들. 구보는 그러한 사내와 자리를 같이하여 차를 마실 생각은 없었다. 그러나, 그러한 경우에 한 개의 구실을 지어, 그 호의를 사절할 수 있도록 구보는 용감하지 못하다. 그 사내는 앞장을 섰다. 자아 그럼 저리로 가지. 그러나 그것은 구보에게만 한 말이 아니었다.

구보는 자기 뒤를 따라오는 한 여성을 보았다. 그는 한 번 흘낏 보기에도, 한 사내의 애인 된 티가 있었다. 어느 틈엔가 이런 자도 연애를 하는 시대가 왔나. 새삼스러이 그 천한 얼굴이 쳐다보였으나, 그러나 서정 시인조차 황금광으로 나서는 때다.※

의자에 가 가장 자신 있이 앉아, 그는 주문 들으러 온 소녀에

사절하다(謝絶--) 요구나 제의를 받아들이지 않고 사양하여 물리치다.
※ 그러나 서정 시인조차 황금광으로 나서는 때다 앞서 평론가와 시인 등의 문인조차 황금광 시대에 동참하고 있다는 부분과 연결되면서 예술가마저 황금만능주의, 즉 돈만 있으면 무엇이든지 마음대로 할 수 있다는 사고방식에 빠져 있는 당시의 세태에 대한 비판을 드러내고 있는 구절이다.

게, 나는 가루삐스, 그리고 구보를 향하여, 자네두 그걸루 하지. 그러나 구보는 거의 황급하게 고개를 흔들고, 나는 홍차나 커피로 하지.

음료 칼피스를, 구보는, 좋아하지 않는다. 그것은 외설(猥褻)한 색채를 갖는다. 또, 그 맛은 결코 그의 미각에 맞지 않았다. 구보는 차를 마시며, 문득, 끽다점(喫茶店)에서 사람들이 취하는 음료를 가져, 그들의 성격, 교양, 취미를 어느 정도까지는 알 수 있을 것이 아닌가, 하고 생각하여 본다. 그리고 그것은 동시에, 그네들의 그때, 그때의 기분조차 표현하고 있을 게다.

구보는 맞은편에 앉은 사내의, 그 교양 없는 이야기에 건성 맞장구를 치며, 언제든 그러한 것을 연구하여 보리라 생각한다.

월미도로

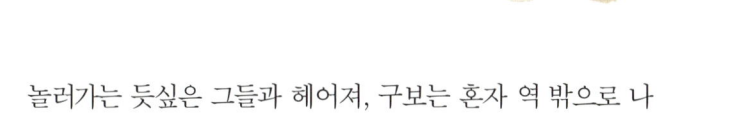

놀러가는 듯싶은 그들과 헤어져, 구보는 혼자 역 밖으로 나온다. 이러한 시각에 떠나는 그들은 적어도 오늘 하루를 그곳에서 묵을 게다. 구보는, 문득, 여자의 발가숭이를 아무 거리낌 없

가루삐스 칼피스(calpis). 우유를 가열·살균하고 냉각·발효한 뒤 단맛과 칼슘을 넣은 음료수.
외설하다(猥褻--) 사람의 성욕을 함부로 자극하여 난잡하다.
끽다점(喫茶店) 찻집.
월미도(月尾島) 인천광역시 중구에 있는 섬. 일제 강점기 때부터 유원지로 각광받았으며, 1965년에 육지와 연결되었다.

이 애무할 그 남자의, 야비한 웃음으로 하여 좀 더 추악해진 얼굴을 눈앞에 그려 보고, 그리고 마음이 편안하지 못했다.

여자는, 여자는 확실히 어여뻤다. 그는, 혹은, 구보가 이제까지 어여쁘다고 생각하여 온 온갖 여인들보다도 좀 더 어여뻤을지도 모른다. 그뿐 아니다. 남자가 같이 '가루삐스'를 먹자고 권하는 것을 물리치고, 한 접시의 아이스크림을 지망할 수 있도록 여자는 총명하였다.

문득, 구보는, 그러한 여자가 왜 그자를 사랑하려 드나, 또는 그자의 사랑을 용납하는 것인가 하고, 그런 것을 괴이하게 여겨 본다. 그것은, 그것은 역시 황금 까닭일 게다. 여자들은 그렇게도 쉽사리 황금에서 행복을 찾는다. 구보는 그러한 여자를 가엾이, 또 안타깝게 생각하다가, 갑자기 그 사내의 재력을 탐내 본다. 사실, 같은 돈이라도 그 사내에게 있어서는 헛되이, 그리고 또 아깝게 소비되어 버릴 게다. 그는 날마다 기름진 음식이나 실컷 먹고, 살찐 계집이나 즐기고, 그리고 아무 앞에서나 그의 금시계를 꺼내 보고는 만족하여 할 게다.

일순간, 구보는, 그 사내의 손으로 소비되어 버리는 돈이, 원래 자기의 것이나 되는 것같이 입맛을 다시어 보았으나, 그 즉시, 그러한 저 자신을 픽 웃고, 내가 언제부터 이렇게 돈에 걸신이 들렸누……. 단장 끝으로 구두코를 탁 치고, 그리고 좀 더 빠른 걸

걸신(乞神) 1. 빌어먹는 귀신. 2. 염치 없이 지나치게 탐하는 마음을 비유적으로 이르는 말.

음걸이로 전차 선로를 횡단하여, 구보는 포도 위를 걸어갔다.

그러나 여자는, 여자는 확실히 어여뻤고, 그리고 또…… 구보는, 갑자기, 그 여자가 이미 오래전부터 그자에게 몸을 허락하여 온 것이나 아닐까, 생각하였다. 그것은 생각만 하여 볼 따름으로 그의 마음을 언짢게 하여 준다. 역시, 여자는 결코 총명하지 못했다. 또 생각하여 보면, 어딘지 모르게 저속한 맛이 있었다. 결코 기품 있는 인물은 아니다. 그저 좀 예쁠 뿐…….

그러나 그 여자가 그자에게 쉽사리 미소를 보여 주었다고 새삼스러이 여자의 값어치를 깎을 필요는 없었다. 남자는 여자의 육체를 즐기고, 여자는 남자의 황금을 소비하고, 그리고 두 사람은 충분히 행복일 수 있을 게다. 행복이란 지극히 주관적인 것이다✤…….

어느 틈엔가, 구보는 조선은행 앞에까지 와 있었다. 이제 이대로, 이대로 집으로 돌아갈 마음은 없었다. 그러면, 어디로 ― 구보가 또다시 고독과 피로를 느꼈을 때, 약칠해 신으시죠 구두에. 구보는 혐오의 눈을 가져 그 사내를, 남의 구두만 항상 살피며, 그곳에 무엇이든 결점을 잡아 내고야 마는 그 사내를 흘겨

주관적(主觀的) 자기의 견해나 관점을 기초로 하는. 또는 그런 것.
✤ **행복이란 지극히 주관적인 것이다** 사람이 느끼는 행복이란 그 사람이 처한 상황이나 위치 또는 그 사람의 신념에 따라 달라질 수 있다는 것이다. 즉, 구보는 여자의 입장에서는 황금이, 남자의 입장에서는 여자의 육체가 행복감을 주는 것이므로 두 사람이 행복할 수 있을 것이라고 생각하는 것이다.
조선은행(朝鮮銀行) 일제 강점기의 중앙은행. 지금의 '한국은행'이다.

보고, 그리고 걸음을 옮겼다. 일면식(一面識)도 없는 나의 구두를 비평할 권리가 그에게 있기라도 하단 말인가. 거리에서 그에게 온갖 종류의 불유쾌한 느낌을 주는 온갖 종류의 사물을 저주하고 싶다, 생각하며, 그러나, 문득, 구보는 이러한 때, 이렇게 제 몸을 혼자 두어 두는 것에 위험을 느낀다. 누구든 좋았다. 벗과, 벗과 같이 있어야만 한다. 벗과 같이 있을 때, 구보는 얼마쯤 명랑할 수 있었다. 혹은, 명랑을 가장할 수 있었다.

마침내, 그는 한 벗을 생각해 내고, 길가 양복점으로 들어가 전화를 빌렸다. 다행하게도 벗은 아직 사(社)에 남아 있었다. 바로 지금 나가려던 차야, 하고 그는 말했다.

구보는 그에게 부디 다방으로 와 주기를 청하고, 그리고 잠깐 또 할 말을 생각하다가, 저편에서 전화를 끊어 버릴 것을 염려하여 당황하게 덧붙여 말했다.

"꼭 좀, 곧 좀, 오."

다행하게도

다시 돌아간 다방 안에, 사람들은 많지 않았다. 또, 문득, 생

일면식(一面識) 서로 한 번 만나 인사나 나눈 정도로 조금 앎.
가장하다(假裝--) 태도를 거짓으로 꾸미다.

각하고 둘러보아, 그 벗 아닌 벗도 그곳에 있지 않았다. 구보는 카운터 가까이 자리를 잡고 앉아, 마침, 자기가 사랑하는 스키파의 '아이 아이 아이'를 들려주는 이 다방에 애정을 갖는다. 그것이 허락받을 수 있는 것이라면 그는 지금 앉아 있는 등의자를 안락의자로 바꾸어, 감미한 오수(午睡)를 즐기고 싶다, 생각한다. 이제 그는 그의 앞에, 아까의 신기료장수를 보더라도, 고요한 마음을 가져 그를 용납하여 줄 수 있을 게다.

조그만 강아지가, 저편 구석에 앉아, 토스트를 먹고 있는 사내의 그리 대단하지도 않은 구두코를 핥고 있었다. 그 사내는 발을 뒤로 무르며, 쉬 쉬 강아지를 쫓았다. 강아지는 연해 꼬리를 흔들며 잠깐 그 사내의 얼굴을 쳐다보다가, 돌아서서 다음 탁자 앞으로 갔다. 그곳에 앉아 있는 젊은 여자는, 그는 확실히 개를 무서워하는 듯싶었다. 다리를 잔뜩 웅크리고 얼굴빛조차 변하여 가지고, 그는 크게 뜬 눈으로 개의 동정만 살폈다. 개는 여전히 꼬리를 흔들며 그러나, 저를 귀애해 주고 안 해 주는 사람을 용하게 가릴 줄이나 아는 듯이, 그곳에 오래 머무르지 않고,

---

스키파 티토 스키파(Tito Schipa, 1890~1965). 이탈리아의 테너 가수.
아이 아이 아이(Ay Ay Ay) 1919년 밀라노에서 스키파가 녹음한 그의 두 번째 레코드에 수록된 곡으로, 칠레 출신 프레이리가 1915년에 작곡했다.
감미하다(甘美--) 맛이나 느낌 따위가 달콤하고 좋다.
오수(午睡) 낮잠.
신기료장수 헌 신을 꿰매어 고치는 일을 직업으로 하는 사람.
귀애하다(貴愛--) 귀엽게 여겨 사랑하다.
용하다 재주가 뛰어나고 특이하다.

또 옆 탁자로 갔다. 그러나 구보가 앉아 있는 자리에서는 그곳이 잘 안 보였다. 어떠한 대우를 그 가엾은 강아지가 그곳에서 받았는지 그는 모른다. 그래도 어떻든 만족한 결과는 아니었던 게다. 강아지는 다시 그곳을 떠나, 이제는 사람들의 사랑을 구하기를 아주 단념이나 한 듯이 구보에게서 한 칸통쯤 떨어진 곳에 가 두 발을 쭉 뻗고 모로 쓰러져 버렸다.

강아지의 반쯤 감은 두 눈에는 고독이 숨어 있는 듯싶었다. 그리고 그와 함께, 모든 것에 대한 단념도 그곳에 있는 듯싶었다. 구보는 그 강아지를 가엾다, 생각한다. 저를 사랑하는 사람이 단 한 사람일지라도 이 다방 안에 있음을 알려 주고 싶다, 생각한다. 그는, 문득, 자기가 이제까지 한 번도 그의 머리를 쓰다듬어 준다거나, 또는 그가 핥는 대로 손을 맡기어 둔다거나, 그러한 그에 대한 사랑의 표현을 한 일이 없었던 것을 생각해 내고, 손을 내밀어 그를 불렀다. 사람들은 이런 경우에 휘파람을 분다. 그러나 원래 구보는 휘파람을 안 분다. 잠깐 궁리하다가, 마침내 그는 개에게만 들릴 정도로 "캄, 히어" 하고 말해 본다.

강아지는 영어를 해득하지 못하는지도 모른다. 머리를 들어 구보를 쳐다보고, 그리고 아무 흥미도 느낄 수 없는 듯이 다시 머리를 떨어뜨렸다. 구보는 의자 밖으로 몸을 내밀어, 조금 더 큰 소리로, 그러나 한껏 부드럽게, 또 한 번, "캄, 히어" 그리고

해득하다(解得--) 뜻을 깨달아 알다.

그것을 번역하였다. "이리 온." 그러나 강아지는 먼젓번 동작을 또 한 번 되풀이하였을 따름, 이번에는 입을 벌려 하품 비슷한 짓을 하고, 아주 눈까지 감는다.

구보는 초조와, 또 일종 분노에 가까운 감정을 맛보며, 그래도 그것을 억제하고 이번에는 완전히 의자에서 떠나, 그의 머리를 쓰다듬어 주려 하였다. 그러나 그보다도 먼저 강아지는 진저리 치게 놀라, 몸을 일으켜, 구보에게 향하여 적대적 자세를 취하고, 캥, 캐캥 하고 짖고, 그리고, 제 풀에 질겁을 하여 카운터 뒤로 달음질쳐 들어갔다.

구보는 저도 모르게 얼굴을 붉히고, 그 강아지의 방정맞은 성정(性情)을 저주하며, 수건을 꺼내어, 땀도 안 난 이마를 두루 씻었다. 그리고, 그렇게까지 당부하였건만, 곧 와 주지 않는 벗에게조차 그는 가벼운 분노를 느끼지 않으면 안 된다.

마침내

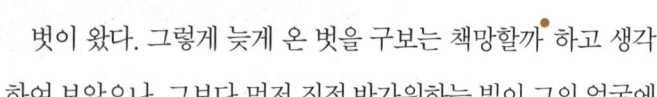

벗이 왔다. 그렇게 늦게 온 벗을 구보는 책망할까 하고 생각하여 보았으나, 그보다 먼저 진정 반가워하는 빛이 그의 얼굴에

성정(性情) 성질과 심정. 또는 타고난 본성.
책망하다(責望--) 잘못을 꾸짖거나 나무라며 못마땅하게 여기다.

떠올랐다. 사실, 그는, 지금 벗을 가진 몸의 다행함을 느낀다.

그 벗은 시인이었음에도 불구하고, 극히 건장한 육체와 또 먹기 위하여 어느 신문사 사회부 기자의 직업을 가지고 있었다. 그것이 때로 구보에게 애달픔을 주지 않는 것은 아니다. 그래도, 그래도 그와 대하여 있으면, 구보는 마음속에 밝음을 가질 수 있었다.

"나, 소다스이를 다우."

벗은, 즐겨 음료 조달수(曹達水)를 취하였다. 그것은 언제든 구보에게 가벼운 쓴웃음을 준다. 그러나 물론 그것은 적어도 불쾌한 감정은 아니다.

다방에 들어오면, 여학생이나 같이, 조달수를 즐기면서도, 그래도 벗은 조선 문학 건설에 가장 열의를 가지고 있었다. 그러한 그가 하루에 두 차례씩, 종로서와, 도청과, 또 체신국엘 들르지 않으면 안 되었던 것은 한 개의 비참한 현실이었을지도 모른다. 마땅히 시를 초(草)하여야만 할 그의 만년필을 가져, 그는 매일같이 살인 강도와 방화 범인의 기사를 쓰지 않으면 안 되었다. 그래 이렇게 저 자신의 시간을 가지면 그는 억압당하였던,

---

✣ 그 벗은 시인이었음에도 불구하고, ~ 사회부 기자의 직업을 가지고 있었다 시인 김기림이 작가 박태원과 함께 구인회 구성원이었으며 나이 또한 비슷할 뿐만 아니라 작가가 이 작품을 집필하고 있던 1933년 조선일보 사회부 기자로 재직하고 있었던 것으로 보아, 여기에서의 '벗'은 김기림일 것으로 짐작된다.
소다스이 '소다수(탄산수)'의 일본어 발음.
조달수(曹達水) '조달'은 소다(soda)를 한자로 나타낸 말로, '조달수'는 곧 '소다수'를 뜻한다.

그의 문학에 대한 열정을 쏟아 논다…….

　오늘은 주로 구보의 소설에 대하여서이었다. 그는, 즐겨 구보의 작품을 읽는 사람의 하나이다. 그리고, 또, 즐겨 구보의 작품을 비평하려 드는 독지가(篤志家)였다. 그러나, 그의 그러한 후의(厚意)에도 불구하고, 구보는 자기 작품에 대한 그의 의견에 그다지 신용을 두고 있지 않았다. 언젠가, 벗은 구보의 그리 대단하지 않은 작품을 오직 한 개 읽었을 따름으로, 구보를 완전히 알 수나 있었던 것같이 생각하고 있는 듯싶었다.

　오늘은, 그러나, 구보는 그의 말에 귀를 기울이지 않으면 안 된다. 벗은, 요사이 구보가 발표하고 있는 작품을 가리켜 작자가 그의 나이 분수보다 엄청나게 늙었음을 말했다. 그러나 그뿐이면 좋았다. 벗은 또, 작자가 정말 늙지는 않았고, 오직 늙음을 가장하였을 따름이라고 단정하였다. 혹은 그럴지도 모른다. 구보에게는 그러한 경향이 있었을지도 모른다. 그리고 다시 돌이켜 생각하면, 그것이 오직 가장(假裝)에 그치고, 그리고 작자가 정말 늙지 않았음은, 오히려 구보가 기꺼하여 마땅할 일일 게다.

　그러나 구보는 그의 작품 속에서 젊을 수가 없었을지도 모른다. 그가 만약 구태여 그러려 하면, 벗은, 이번에는, 작자가 무

독지가(篤志家) 도탑고 친절한 마음을 가진 사람.
후의(厚意) 남에게 두터이 인정을 베푸는 마음.
분수(分數) 자기 신분에 맞는 한도.
기꺼하다 기꺼워하다. 마음속으로 은근히 기뻐하다.

리로 젊음을 가장하였다고 말할 게다. 그리고 그것은 틀림없이 구보의 마음을 슬프게 하여 줄 게다…….

어느 틈엔가, 구보는 그 화제에 권태를 깨닫고, 그리고 저도 모르게 '다섯 개의 능금〔林檎〕' 문제를 풀려 들었다. 자기가 완전히 소유한 다섯 개의 능금을 대체 어떠한 순차로 먹어야만 마땅할 것인가. 그것에는 우선 세 가지의 방법이 있을 게다. 그중 맛있는 놈부터 차례로 먹어 가는 법. 그것은, 언제든, 그중에 맛있는 놈을 먹고 있다는 기쁨을 우리에게 줄 게다. 그러나 그것은 혹은 그 결과가 비참하지나 않을까. 이와 반대로, 그중 맛없는 놈부터 차례로 먹어 가는 법. 그것은 점입가경(漸入佳境), 그러한 뜻을 가지고 있으나, 뒤집어 생각하면, 사람은 그 방법으로는 항상 그중 맛없는 놈만 먹지 않으면 안 되는 셈이다. 또 계획 없이 아무거나 집어먹는 법. 그것은…….

구보는, 맞은편에 앉아, 그의 문학론에, 앙드레 지드의 말을 인용하고 있던 벗을, 갑자기, 이 유민(遊民)다운 문제를 가져 어이없게 만들어 주었다. 벗은 대체, 그 다섯 개의 능금이 문학과 어떠한 교섭을 갖는가 의혹하며, 자기는 일찍이 그러한 문제를

능금〔林檎〕 능금나무의 열매. 사과와 비슷한 모양이지만 훨씬 작다.
점입가경(漸入佳境) 들어갈수록 점점 재미가 있음.
앙드레 지드(Andre Gide) 프랑스의 소설가이자 비평가(1869~1951). 주요 작품으로 《좁은 문》 등이 있으며, 1947년에 노벨 문학상을 받았다.
유민(遊民) 직업이 없이 놀며 지내는 사람.
교섭(交涉) 어떤 일을 이루기 위하여 서로 의논하고 절충함.

생각하여 본 일이 없노라 말하고,

"그래, 그것이 어쨌단 말이야."

"어쩌기는, 무에 어째."

그리고 구보는 오늘 처음으로 명랑한, 혹은 명랑을 가장한 웃음을 웃었다.

문득

창밖 길가에, 어린애 울음소리가 들린다. 그것은 울음소리에는 틀림없었다. 그러나 어린애의 것보다는 오히려 짐승의 소리에 가까웠다. 구보는 〈율리시스〉를 논하고 있는 벗의 탁설(卓說)에는 상관없이, 대체, 누가 또 죄악의 자식을 낳았누, 하고 생각한다.

가엾은 벗이 있었다. 그는, 어렸을 때부터 그렇게도 불행하였던 그는, 온갖 고생을 겪지 않으면 안 되었었고, 또 그렇게 경난(經難)한 사람이었던 까닭에, 벗과의 사이에 있어서도 가장

율리시스(Ulysses) 아일랜드 작가 제임스 조이스가 지은 장편 소설로, 1904년 6월 16일, 아일랜드 수도 더블린에서 평범한 광고업자 블룸이 하루 동안 겪게 되는 일을 서술하는 형식으로 되어 있다. 〈율리시스〉는 〈소설가 구보 씨의 일일〉에 직·간접적인 영향을 미쳤다. 영국 식민지 아일랜드의 수도 더블린을 산책하는 사람이 제임스 조이스의 '블룸'이었다면, 일본 식민지 조선의 수도 경성을 산책하는 사람은 박태원의 '구보' 씨인 것이다.
탁설(卓說) 뛰어난 논설이나 의견.
경난하다(經難--) 어려운 일을 겪다.

관대한 품이 있었다. 그는 거의 구보의 친우였다. 그러나, 그에게는 남자로서의 가장 불행한 약점이 있었다. 그의 앞에서 구보가 말을 한다면, '다정다한(多情多恨)', 이러한 문자를 사용할 게다. 그러나 그것은 한 개의 수식에 지나지 않았고, 그 벗의 통제를 잃은 성 본능은 누가 보기에도 진실로 딱한 것임에 틀림없었다. 구보는 왕왕이, 그 벗의 여성에 대한 심미안에 의혹을 갖기조차 하였다. 그러나 오히려 그러고 있는 동안은 좋았다. 마침내 비극이 왔다. 그 벗은, 결코 아름답지도 총명하지도 않은 한 여성을 사랑하고, 여자는 또 남자를 오직 하나의 사내라 알았을 때, 비극은 비롯한다. 여자가 어느 날 저녁 남자와 마주 앉아, 얼굴조차 붉히고, 그리고 자기가 이미 홑몸이 아님을 고백하였을 때, 남자는 어느 틈엔가 그 여자에 대하여 거의 완전히 애정을 상실하고 있었다. 여자는 어리석게도 모성(母性)됨의 기쁨을 맛보려 하였고, 그리고 남자의 사랑을 좀 더 확실히 포착할 수 있을 것같이 생각하였다. 그러나 남자는 오직 저 자신이 곤경에 빠졌음을 한(恨)하고, 그리고 또 그 젊은 어미에게 대한 자기의 책임을 느끼지 않으면 안 되었던 까닭에, 좀 더 그 여자를 미워하였을지도 모른다.

친우(親友) 가까이하여 친한 사람.
다정다한(多情多恨) 애틋한 정도 많고 한스러운 일도 많음.
왕왕(往往) 시간의 간격을 두고 이따금.
심미안(審美眼) 아름다움을 살펴 찾는 안목.
한하다(恨--) 몹시 억울하거나 원통하여 원망스럽게 생각하다.

여자는, 그러나, 남자의 변심을 깨닫지 못하였을지도 모른다. 또, 설혹, 그가 알 수 있었더라도, 역시, 그 수밖에 없었을지도 모른다. 여자는 돌도 안 된 아이를 안고, 남자를 찾아 서울로 올라왔다. 그러나 그곳에는 그들 모자를 위하여 아무러한 밝은 길이 없었다. 이미 반생을 고락을 같이하여 온 아내가 남자에게는 있었고, 또 그와 견주어 볼 때, 이 가정의 틈입자(闖入者)는 어떠한 점으로든 떨어졌다. 특히 아이와 아이를 비(比)하여 볼 때 그러하였다. 가엾은 사생자(私生子)는 나이 분수보다 엄청나게나 거대한 체구와, 또 치매적(癡呆的) 안모(顔貌)를 가지고 있었다.

그러나 그것만이라면, 오히려 좋았다. 한 번 그 아이의 울음소리를 들을 수 있었을 때, 사람들은 가장 언짢고 또 야릇한 느낌을 갖지 않으면 안 되었다. 그것은 결코 사람의 아이의 울음이 아니었다. 그것은 그들의, 특히, 남자의 죄악에 진노한 신(神)이, 그 아이의 비상한 성대를 빌려, 그들의, 특히, 남자의 죄악을 규탄하고, 또 영구히 저주하는 것인 것만 같았다……

반생(半生) 한평생의 반.
고락(苦樂) 괴로움과 즐거움을 아울러 이르는 말.
틈입자(闖入者) 기회를 타서 느닷없이 함부로 들어간 사람. 여기에서는 '돌도 안 된 아이를 안고, 남자를 찾아 서울로 올라온' 여자를 가리킴.
사생자(私生子) 사생아(私生兒). 법률적으로 부부가 아닌 남녀 사이에서 태어난 아이.
치매적(癡呆的) '치매'가 사회생활을 하는 데 필요한 지능·의지·기억 따위의 정신적인 능력이 상실된 상태를 뜻하므로, '치매적'은 '멍청한' 정도의 의미로 이해하면 된다.
안모(顔貌) 얼굴의 생김새.
진노하다(瞋怒--) 성을 내며 노여워하다.
규탄하다(糾彈--) 잘못이나 옳지 못한 일을 잡아내어 따지고 나무라다.

구보는 그저 〈율리시스〉를 논하고 있는 벗을 깨닫고, 불쑥, 그야 제임스 조이스의 새로운 시험에는 경의를 표하여야 마땅할 게지. 그러나 그것이 새롭다는, 오직 그 점만 가지고 과중 평가를 할 까닭이야 없지. 그리고 벗이 그 말에 대하여, 항의를 하려 하였을 때, 구보는 의자에서 몸을 일으키어, 벗의 등을 치고, 자아 그만 나갑시다.

그들이 밖에 나왔을 때, 그곳에 황혼이 있었다. 구보는 이 시간에, 이 거리에, 맑고 깨끗함을 느끼며, 문득, 벗을 돌아보았다.

"이제 어디로 가?"

"집으루 가지."

벗은 서슴지 않고 대답하였다. 구보는 대체 누구와 이 황혼을 지내야 할 것인가 망연하여 한다.

전차를 타고

벗은 이내 집으로 돌아가고 말았다. 집이 아니다. 여사(旅舍)였다. 주인집 식구 말고, 아무도 없을 여사로, 그는 그렇게 저녁 시간을 맞추어 가야만 할까. 만약 그것이 단지 저녁밥을 먹기 위하여서의 일이라면…….

여사(旅舍) 여관.

"지금부터 집엘 가서 무얼 할 생각이오?"

그러나 그것은 물론 어리석은 물음이었다. '생활'을 가진 사람은 마땅히 제집에서 저녁을 먹어야 할 게다. 벗은 구보와 비겨 볼 때, 분명히 생활을 가지고 있었다.

하루의 대부분을 속무(俗務)에 헤매지 않으면 안 되었던 그는 이제 저녁 후의 조용한 제 시간을 가져, 독서와 창작에서 기쁨을 찾을 게다. 구보는, 구보는 그러나 요사이 그 기쁨을 못 갖는다.

어느 틈엔가, 구보는 종로 네거리에 서서, 그곳에 황혼과, 또 황혼을 타서 거리로 나온 노는계집의 무리들을 본다. 노는계집들은 오늘도 무지(無智)를 싸고 거리에 나왔다. 이제 곧 밤은 올 게요 그리고 밤은 분명히 그들의 것이었다. 구보는 포도 위에 눈을 떨어뜨려, 그곳에 무수한 화려한 또는 화려하지 못한 다리를 보며, 그들의 걸음걸이를 가장 위태롭다 생각한다. 그들은, 모두가 숙녀화에 익숙하지 못한 것은 아니다. 그러나 그러함에도 불구하고, 그들은 모두들 가장 서투르고, 부자연한 걸음걸이를 갖는다. 그것은, 역시, '위태로운 것'이라고밖에 말할 수 없는 것임에 틀림없었다.

그들은, 그러나 물론 그런 것을 그들 자신 깨닫지 못한다. 그들의 세상살이의 걸음걸이가, 얼마나 불안정한 것인가를 깨닫

속무(俗務) 여러 가지 세속적인 잡무.

지 못한다. 그들은 누구라 하나 인생에 확실한 목표를 가지고 있지 않았으나, 무지는 거의 완전히 그 불안에서 그들의 눈을 가리어 준다.*

그러나 포도를 울리는 것은 물론 그들의 가장 불안정한 구두 뒤축뿐이 아니었다. 생활을, 생활을 가진 온갖 사람들의 발끝은 이 거리 위에서 모두 자기네들 집으로 향하여 놓여 있었다. 집으로 집으로, 그들은 그들의 만찬과 가족의 얼굴과 또 하루 고역˙ 뒤의 안위˙를 찾아 그렇게도 기꺼이 걸어가고 있다. 문득, 저도 모를 사이에 구보의 입술을 새어 나오는 다쿠보쿠의 단가(短歌)—

누구나 모두 집 가지고 있다는 애달픔이여
무덤에 들어가듯
돌아와서 자옵네

그러나 구보는 그러한 것을 초저녁의 거리에서 느낄 필요는 없다. 아직 그는 집에 돌아가지 않아도 좋았다. 그리고 좁은 서

---

* 무지는 거의 완전히 그 불안에서 그들의 눈을 가리어 준다 아무런 인생의 목표도 없이 불안정한 삶을 살아가면서도 '밤'이 상징하는 퇴폐적인 소비 욕망에 사로잡혀 자신들의 그러한 처지를 깨닫지 못하고 있는 '노는계집' 무리의 무지함을 비꼬는 말이다.
고역(苦役) 몹시 힘들고 고되어 견디기 어려운 일.
안위(安慰) 몸을 편안하게 하고 마음을 위로함.
단가(短歌) 장가(長歌)에 대립되는 짧은 노래의 총칭.

소설가 구보 씨의 일일

울이었으나, 밤늦게까지 헤맬 거리와, 들를 처소가 구보에게 있었다.

그러나 대체 누구와 이 황혼을……. 구보는 거의 자신을 가지고, 걷기 시작한다. 벗이 있다. 황혼을, 또 밤을 같이 지낼 벗이 구보에게 있다. 종로 경찰서 앞을 지나 하얗고 납작한 조그만 다료(茶寮)엘 들른다.

그러나 주인은 없었다. 구보가 다시 문으로 향하여 나오면서, 왜 자기는 그와 미리 맞추어 두지 않았던가, 뉘우칠 때, 아이가 생각난 듯이 말했다. 참, 곧 돌아오신다구요, 누구 오시거든 기다리시라구요. '누구'가, 혹은, 특정한 인물일지도 모른다. 벗은 혹은, 구보와 이제 행동을 같이할 수 없을지도 모른다. 그래도 사람은 언제든 희망을 가져야 하고, 달리 찾을 벗을 갖지 아니한 구보는, 하여튼 이제 자리에 앉아, 돌아올 벗을 기다려야 한다.

여자를

동반한 청년이 축음기 놓여 있는 곳 가까이 앉아 있었다. 그

다료(茶寮) 찻집.
✽ '누구'가, 혹은, 특정한 인물일지도 모른다 벗이 기다리는 사람이 구보 자신이 아닌 다른 사람일지도 모른다는 의미이다.
축음기(蓄音機) 원통형 레코드 또는 원판형 레코드에 녹음한 음을 재생하는 장치.

는 노는계집 아닌 여성과 그렇게 같이 앉아 차를 마실 수 있는 것에 득의(得意)와 또 행복을 느낄 수 있었는지도 모른다. 그의 육체는 건강하였고, 또 그의 복장은 화미(華美)하였고, 그리고 그의 여인은 그에게 그렇게도 용이하게 미소를 보여 주었던 까닭에, 구보는 그 청년에게 엷은 질투와 또 선망을 느끼지 않으면 안 되었다. 그뿐 아니다. 그 청년은, 한 개의 인단 용기(仁丹容器)와, 로도 목약(目藥)을 가지고 있는 것에조차 철없는 자랑을 느낄 수 있었던 듯싶었다. 구보는 저 자신, 포용력을 가지고 있는 듯싶게 가장하는 일 없이, 그의 명랑성에 참말 부러움을 느낀다.

그 사상에는 황혼의 애수와 또 고독이 혼화(混和)되어 있었는지도 모른다. 구보는 극히 음울할 제 표정을 깨닫고, 그리고 이 안에 거울이 없음을 다행하여 한다. 일찍이, 어느 시인이 구보의 이 심정을 가리켜 독신자의 비애라 하였다. 그러나 그것은 언뜻 그러한 듯싶으면서도 옳지 않았다. 구보가 새로운 사랑을

득의(得意) 일이 뜻대로 이루어져 만족해하거나 뽐냄.
화미하다(華美--) 화려하고 아름답다.
선망(羨望) 부러워하여 바람.
인단(仁丹) 은단. 향기로운 맛과 시원한 느낌이 나는 작은 알약.
로도 목약(目藥) 1899년 일본 오사카에서 창업한 신천당산전안민약방(信天堂山田安民藥房)이 1909년 개발한 안약.
혼화되다(混和--) 한데 섞이어 합쳐지다.
음울하다(陰鬱--) 기분이나 분위기 따위가 음침하고 우울하다.
독신자(獨身者) 배우자가 없이 혼자 사는 사람.
비애(悲哀) 슬퍼하고 서러워함.

찾으려 하지 않고, 때로 좋은 벗의 우정에 마음을 의탁하려 한 것은 제법 오랜 일이다…….

어느 틈엔가, 그 여자와 축복받은 젊은이는 이 안에서 사라지고, 밤은 완전히 다료 안팎에 왔다. 이제 어디로 가나. 문득, 구보는 자기가 그동안 벗을 기다리면서도 벗을 잊고 있었던 사실에 생각이 미치고, 그리고 호젓한 웃음을 웃었다. 그것은 일찍이 사랑하는 여자와 마주 대하여 권태와 고독을 느끼었던 것보다도 좀 더 애처로운 일임에 틀림없었다.

구보의 눈이 갑자기 빛났다. 참 그는 그 뒤 어찌 되었을까. 비록 어떠한 종류의 것이든 추억을 갖는다는 것은 사람의 마음을 고요하게, 또 기쁘게 하여 준다.

동경의 가을이다. 간다〔神田〕 어느 철물전(鐵物廛)에서 한 개의 네일 클리퍼를 구한 구보는 진보초〔神保町〕 그가 가끔 드나드는 끽다점(喫茶店)을 찾았다. 그러나 그것은 휴식을 위함도, 차를 먹기 위함도 아니었던 듯싶다. 오직 오늘 새로 구한 것으로 손톱을 깎기 위하여서만인지도 몰랐다. 그중 구석진 테이블. 그중 구석진 의자. 통속 작가들이 즐겨 취급하는 종류의 로맨스

간다〔神田〕 일본의 도쿄 간다구에 있는 학생 거리. 대학들과 각종 전문학교와 학원, 고서점, 학생을 상대하는 다방이 많이 있다.
네일 클리퍼(nail clipper) 손톱깎이.
진보초〔神保町〕 일본의 도쿄 간다구에 있는 서적 상가(특히 고서점)의 중심이 되는 지역.
통속 작가(通俗作家) 예술적 가치보다는 흥미에 중점을 두고, 주제나 성격 묘사보다는 재미있는 사건의 전개에 중점을 두는 '통속 소설'을 쓰는 작가.

의 발단이 그곳에 있었다. 광선이 잘 안 들어오는 그곳 마룻바닥에서 구보의 발길에 차인 것. 한 권 대학 노트에는 윤리학 석 자와 '임(妊)' 자가 든 성명이 기입되어 있었다.

그것은 일종의 죄악일 게다. 그러나 젊은이들에게 그만한 호기심은 허락되어도 좋다. 그래도 구보는 다른 좌석에서 잘 안 보이는 위치에 노트를 놓고, 그리고 손톱을 깎을 것도 잊고 있었다.

제1장 서론(緖論). 제1절 윤리학의 정의. 2. 규범 과학. 제2장 본론. 도덕 판단의 대상. C동기설과 결과설. 예 1. 빈가(貧家)의 자손이 효양(孝養)을 위해서 절도함. 2. 허영심을 만족키 위한 자선 사업. 제2학기. 3. 품성 형성의 요소. 1. 의지 필연론……

그리고 여백에, 연필로, 그러나 수치심은 사랑의 상상 작용에 조력(助力)을 준다. 이것은 사랑에 생명을 주는 것이다. 스탕달

발단(發端) 어떤 일의 계기가 됨. 또는 그 계기가 되는 일.
✤ 그것은 일종의 죄악일 게다 ~ 호기심은 허락되어도 좋다 끽다점 구석진 테이블 마룻바닥에서 우연히 발견하게 된 남('임'자가 든 이름을 가진 사람)의 노트를 훔쳐본 행위는 도덕적으로 옳지 않지만, 청춘 남녀의 이른바 '로맨스의 발단'이 된 낭만적 연애 감정에 이끌린 것이었다고 합리화하려는 의도를 담고 있다.
규범 과학(規範科學) 윤리학, 논리학, 미학과 같이 규범의 법칙을 연구하는 학문.
동기설(動機說) 행위를 도덕적으로 평가할 때, 오직 내면적 동기를 기준으로 하여 가치를 판단하는 학설.
결과설(結果說) 행위의 동기와는 상관없이, 행위의 결과나 남에게 끼치는 영향을 도덕적 판단의 대상으로 삼는 윤리설.
빈가(貧家) 가난한 집.
조력(助力) 힘을 써서 도와 줌. 또는 그 힘.
스탕달(Stendhal) 프랑스의 소설가(1783~1842). 날카로운 심리 분석과 사회 비판으로 심리주의 소설의 전통을 수립하였으며 프랑스 근대 소설의 창시자로 불린다. 작품에 〈적과 흑〉 등이 있다.

의 〈연애론〉의 일절. 그러고는 연락(連絡) 없이, 〈서부 전선 이상 없다〉. 요시야 노부코〔吉屋信子〕. 아쿠타가와 류노스케〔芥川龍之介〕. 어제 어디 갔었니. '라부파레드'를 보았니……. 이런 것들이 씌어 있었다.

다료의 주인이 돌아왔다. 아, 언제 왔소. 오래 기다렸소. 무슨 좋은 소식 있소. 구보는 대답 없이 자리에서 일어나, 노트와 단장을 집어 들고, 저녁 먹으러 나갑시다. 그리고 속으로 지난날의 조그만 로맨스를 좀 더 이어 생각하려 한다.

다료에서

나와, 벗과, 대창옥(大昌屋)으로 향하며, 구보는 문득 대학 노트 틈에 끼어 있었던 한 장의 엽서를 생각하여 본다. 물론 처음에 그는 망설거렸었다. 그러나 여자의 숙소까지를 알 수 있었으면서도 그 한 기회에서 몸을 피할 수는 없었다. 그는 우선 젊었

서부 전선 이상 없다 독일 작가 에리히 마리아 레마르크(Erich Maria Remarque, 1898~1970)가 제1차 세계 대전을 무대로 쓴 자전적 반전(反戰) 소설.
요시야 노부코〔吉屋信子〕 일본의 통속 소설 전문 작가(1896~1973). 그녀가 스무 살에 연재를 시작한 〈꽃이야기(花物語)〉는 '여학생의 바이블'이 됨.
아쿠타가와 류노스케〔芥川龍之介〕 일본의 소설가(1892~1927). 대표작으로 〈라쇼몽〔羅生門〕〉이 있으며, 일본의 대표적인 문학상인 아쿠타가와상은 그를 기념하여 제정된 문학상이다.
라부파레드 코미디 영화의 거장 에른스트 루비치(Ernst Lubitsch, 1892~1947)가 감독한 최초의 유성 영화이자 뮤지컬 영화인 'The Love Parade'의 일본식 발음.

고, 또 그것은 흥미 있는 일이었다. 소설가다운 온갖 망상을 즐기며, 이튿날 아침 구보는 이내 여자를 찾았다. 우시고메쿠〔牛込區〕 야라이초〔矢來町〕. 주인집은 신조사(新潮社) 근처에 있었다. 인품 좋은 주인 여편네가 나왔다 들어간 뒤, 현관에 나온 노트 주인은 분명히⋯⋯. 그들이 걸어가고 있는 쪽에서 미인이 왔다. 그들을 보고 빙그레 웃고, 그리고 지났다. 벗의 다료 옆, 카페 여급. 벗이 돌아보고 구보의 의견을 청하였다. 어때 예쁘지. 사실, 여자는, 이러한 종류의 계집으로서는 드물게 어여뻤다. 그러나 그는 이 여자보다 좀 더 아름다웠던 것임에 틀림없었다. 어서 옵쇼. 설렁탕 두 그릇만 주우. 구보가 노트를 내어 놓고, 자기의 실례에 가까운 심방(尋訪)에 대한 변해(辯解)를 하였을 때, 여자는, 순간에, 얼굴이 붉어졌었다. 모르는 남자에게 정중한 인사를 받은 까닭만이 아닐 게다. 어제 어디 갔었니. 요시야 노부코. 구보는 문득 그런 것들을 생각해 내고, 여자 모르게 빙그레 웃었다. 맞은편에 앉아, 벗은 숟가락 든 손을 멈추고, 빠안히 구보를 바라보았다. 그 눈은, 무슨 생각을 하고 있느냐, 물었는지도 모른다. 구보는 생각의 비밀을 감추기 위하여 의미 없이 웃어 보였다. 좀 올라오세요. 여자는 그렇게 말하였었다. 말로는 태연하게, 그러면서도 그의 볼은 역시 처녀답게 붉어졌다.

신조사(新潮社) 1896년에 창립된 일본 출판사로 신주쿠 거리에 있다.
심방(尋訪) 방문하여 찾아봄.
변해(辯解) 말로 풀어 자세히 밝힘.

구보는 그의 말을 좇으려다 말고, 불쑥, 같이 산책이라도 안 하시렵니까, 볼일 없으시면. 그날은 일요일이었고, 여자는 마악 어딜 나가려던 차인지 나들이옷을 입고 있었다. 통속 소설은 템포가 빨라야 한다. 그 전날, 윤리학 노트를 집어 들었을 때부터 이미 구보는 한 개 통속 소설의 작자이었고 동시에 주인공이었던 것임에 틀림없었다. 그는 여자가 기독교 신자인 경우에는 저 자신 목사의 졸음 오는 설교를 들어도 좋다고까지 생각하고 있었다. 여자는 또 한 번 얼굴을 붉히고, 그러나 구보가, 만약 볼일이 계시다면, 하고 말하였을 때, 당황하게, 아니에요, 그럼 잠깐 기다려 주세요, 그리고 여자는 핸드백을 들고 나왔다. 분명히 자기를 믿고 있는 듯싶은 여자 태도에 구보는 자신을 갖고, 참, 이번 주일에 무사시노칸〔武藏野館〕 구경하셨습니까. 그리고 그와 함께 그러한 자기가 하릴 없는 불량소년같이 생각되고, 또 만약 여자가 그렇게도 쉽사리 그의 유인에 빠진다면, 그것은 아무리 통속 소설이라도 독자는 응당 작자를 신용하지 않을 게라고 속으로 싱겁게 웃었다. 그러나 설혹 그렇게도 쉽사리 여자가 그를 좇더라도 구보는 그것을 경박하다고 생각하고 싶지 않았다. 그것에는 경박이란 문자는 맞지 않을 게다. 구보의 자부심으로서는 여자가 초면임에도 불구하고 자기를 족히 믿을 만한

템포(tempo) 일이 진행되는 빠르기.
무사시노칸〔武藏野館〕 일본의 도쿄 신주쿠에 있던 영화관.
경박하다(輕薄--) 언행이 신중하지 못하고 가볍다.

남자라 알아볼 수 있도록 그렇게 총명하다고 생각하고 싶었다.

여자는 총명하였다. 그들이 무사시노칸 앞에서 자동차를 내렸을 때, 그러나 구보는 잠시 그곳에 우뚝 서 있을 수밖에 없었다. 그것은 뒤에서 내리는 여자를 기다리기 위하여서가 아니다. 그의 앞에 외국 부인이 빙그레 웃으며 서 있었던 까닭이다. 구보의 영어 교사는 남녀를 번갈아 보고, 새로이 의미심장한 웃음을 웃고 오늘 행복을 비오, 그리고 제 길을 걸었다. 그것에는 혹은 삼십 독신녀의 젊은 남녀에게 대한 빈정거림이 있었는지도 모른다. 구보는 소년과 같이 이마와 콧잔등이에 무수한 땀방울을 깨달았다. 그래 구보는 바지 주머니에서 수건을 꺼내어 그것을 씻지 않으면 안 되었다. 여름 저녁에 먹은 한 그릇의 설렁탕은 그렇게도 더웠다.

이곳을

나와, 그러나, 그들은 한길 위에 우두커니 선다. 역시 좁은 서울이었다. 동경이면, 이러한 때 구보는 우선 긴자(銀座)로라도 갈 게다. 사실 그는 여자를 돌아보고, 긴자로 가서 차라도 안 잡수시렵니까, 그렇게 말하고 싶었었다. 그러나, 순간에, 지금 마

긴자(銀座) 일본의 도쿄 중앙부에 있는 번화가.

악 보았을 따름인 영화의 한 장면을 생각해 내고, 구보는 제가 취할 행동에 자신을 가질 수 없었을지도 모른다. 규중(閨中) 처자를 꾀어 오페라 구경을 하고, 밤늦게 다시 자동차를 몰아 어느 별장으로 향하던 불량 청년. 언뜻 생각하면 그의 옆얼굴과 구보의 것과 사이에 일맥상통한 점이 있었던 듯싶었다. 구보는 쓰디쓰게 웃고, 그러나 그러한 것은 어떻든, 긴자가 아니라도 어디 이 근처에서라도 차나 먹고……. 참, 내 정신 좀 보아. 벗은 갑자기 소리치고 자기가 이 시각에 꼭 만나야 할 사람이 있음을 말하고, 그리고 이제 구보가 혼자서 외로울 것을 알고 있었으므로, 그는 미안한 표정을 지었다. 여자가 주저하며, 그만 집으로 돌아가야겠다고 구보를 곁눈질하였을 때에도, 역시 그러한 표정이었던 것임에 틀림없었다. 우리 열 점쯤 해서 다방에서 만나기로 합시다. 열 점. 응, 늦어도 열 점 반. 그리고 벗은 전찻길을 횡단하여 갔다.

전찻길을 횡단하여 저편 포도 위를 사람 틈에 사라져 버리는 벗의 뒷모양을 바라보며, 어인 까닭도 없이, 이슬비 내리던 어느 날 저녁 히비야(日比谷) 공원 앞에서의 여자를 구보는 애달프다, 생각한다.

규중(閨中) 부녀자가 거처하는 곳.
일맥상통하다(一脈相通--) 사고방식, 상태, 성질 등이 서로 통하거나 비슷해지다.
어인 '어찌 된'을 예스럽게 이르는 말.
히비야 공원(日比谷公園) 1903년에 만들어진 일본 최초의 서양식 근대 공원. 도쿄 남서쪽에 있으며 음악당, 도서관, 공회당 등이 있다.

아. 구보는 악연히˙ 고개를 들어 뜻없이 주위를 살피고 그리고 기계적으로, 몇 걸음 앞으로 나갔다. 아아, 그에 생각해 내고 말았다. 영구히 잊고 싶다, 생각한 그의 일을 왜 기억 속에서 더듬었더냐. 애달프고 또 쓰린 추억이란, 결코 사람 마음을 고요하게도 기쁘게도 하여 주는 것은 아니었다.

여자는 그가 구보와 알기 전에 이미 약혼하고 있었던 사내의 문제를 가져, 구보의 결단을 빌렸다.˚ 불행히 그 사내를 구보는 알고 있었다. 중학 시대의 동창생. 서로 소식 모르고 지낸 지 오 년이 넘었어도 그의 얼굴은 구보의 머릿속에 분명하였다. 그 우둔하고 또 순직(純直)한˙ 얼굴. 더욱이 그 선량한 눈을 생각할 때 구보의 마음은 아팠다. 비 내리는 공원 안을 그들은 생각에 잠겨, 생각에 울어, 날 저무는 줄도 모르고 헤매 돌았다.

참지 못하고, 구보는 걷기 시작한다. 사실 나는 비겁하였을지도 모른다. 한 여자의 사랑을 완전히 차지하는 것에 행복을 느껴야만 옳았을지도 모른다. 의리라는 것을 생각하고, 비난을 두려워하고 하는, 그러한 모든 것이 도시(都是)˙ 남자의 사랑이, 정열이, 부족한 까닭이라, 여자가 울며 탄(憚)하였을˙ 때, 그 말은

악연히(愕然-) 몹시 놀라 정신이 아찔하게.
✤ **여자는 그가 구보와 알기 전에 ~ 구보의 결단을 빌렸다** 여자가 자신이 약혼한 남자가 있음을 구보에게 고백하고, 그에 대해 구보가 결단을 내려 줄 것을 요구했다는 것으로, 이는 구보의 뜻에 따라 자신의 약혼도 깰 수 있다는 의미를 담고 있다.
순직하다(純直--) 마음이 순박하고 곧다.
도시(都是) 도무지. 문맥상 '모두'의 의미로 쓰임.
탄하다(憚--) 남의 말을 탓하여 나무라다.

그 말은, 분명히 옳았다, 옳았다.

  구보가 바래다주려도, 아니에요, 이대로 내버려 두서요, 혼자 가겠어요, 그리고 비에 젖어, 눈물에 젖어, 황혼의 거리를 전차도 타지 않고 한없이 걸어가던 그의 뒷모양. 그는 약혼한 사내에게로도 가지 않았다. 그가 불행하다면 그것은 오로지 사내의 약한 기질에 근원할 게다. 구보는 때로, 그가 어느 다행한 곳에서 그의 행복을 차지하고 있는 것같이 생각하고 싶었어도, 그 사상은 너무나 공허하다.*

  어느 틈엔가 황토마루 네거리에까지 이르러, 구보는 그곳에 충동적으로 우뚝 서며, 괴로운 숨을 토하였다. 아아, 그가 보고 싶다. 그의 소식이 알고 싶다. 낮에 거리에 나와 일곱 시간, 그것은 오직 한 개의 진정이었을지 모른다. 아아, 그가 보고 싶다. 그의 소식이 알고 싶다······.

광화문통,

  그 멋없이 넓고 또 쓸쓸한 길을 아무렇게나 걸어가며, 문득, 자기는, 혹은, 위선자나 아니었었나 하고, 구보는 생각하여 본

---

* **그 사상은 너무나 공허하다** 친구와의 의리 때문에 그녀의 사랑을 받아들이지 않은 구보가 그녀가 행복하게 지낼 것이라고 생각하며 스스로를 위안해 보지만, 그런 생각은 그녀의 사랑을 받아들이지 못한 자신의 행동에 대한 비겁하고 위선적인 자기변명밖에 안 된다는 의미이다.

다. 그것은 역시 자기의 약한 기질에 근원할 게다. 아아, 온갖 악은 인성(人性)의 약함에서, 그리고 온갖 불행이……

또다시 너무나 가엾은 여자의 뒷모양이 보였다. 레인코트 위에 빗물은 흘러내리고, 우산도 없이 모자 안 쓴 머리가 비에 젖어 애달프다. 기운 없이, 기운 있을 수 없이, 축 늘어진 두 어깨. 주머니에 두 팔을 꽂고, 고개 숙여 내어디디는 한 걸음, 또 한 걸음, 그 조그맣고 약한 발에 아무러한 자신도 없다. 뒤따라 그에게로 달려가야 옳았다. 달려들어 그의 조그만 어깨를 으스러져라 잡고, 이제까지 한 나의 말은 모두 거짓이었다고, 나는 결코 이 사랑을 단념할 수 없노라고, 이 사랑을 위하여는 모든 장애와 싸워 가자고, 그렇게 말하고, 그리고 이슬비 내리는 동경 거리에 두 사람은 무한한 감격에 울었어야만 옳았다.

구보는 발 앞의 조약돌을 힘껏 찼다. 격렬한 감정을, 진정한 욕구를, 힘써 억제할 수 있었다는 데서 그는 값없는 자랑을 가지려 하였었는지도 모른다. 이것이, 이 한 개 비극이 우리들 사랑의 당연한 귀결이라고 그렇게 생각하려 들었던 자기. 순간에 또 벗의 선량한 두 눈을 생각해 내고 그의 원만한 천성과 또 금력이 여자를 행복하게 하여 주리라 믿으려 들었던 자기. 그 왜곡된 감정이 구보의 진정한 마음의 부르짖음을 틀어막고야 말았다. 그것은 옳지 않았다. 구보는 대체 무슨 권리를 가져 여자

금력(金力) 돈의 힘. 또는 금전의 위력.

의, 그리고 자기 자신의 감정을 농락하였나. 진정으로 여자를 사랑하였으면서도 자기는 결코 여자를 행복하게 하여 주지는 못할 게라고, 그 부전감(不全感)이 모든 사람을, 더욱이 가엾은 애인을 참말 불행하게 만들어 버린 것이 아니었던가. 그 길 위에 깔린 무수한 조약돌을, 힘껏, 차, 헤뜨리고, 구보는, 아아, 내가 그릇하였다, 그릇하였다.

철겨운 봄노래를 부르며, 열 살이나 그 밖에 안 된 아이가 지났다. 아이에게 근심은 없다. 잘 안 돌아가는 혀끝으로, 술주정꾼이 두 명, 어깨동무를 하고, '수심가(愁心歌)'를 불렀다. 그들은 지금 만족이다. 구보는, 문득, 광명을 찾은 것 같은 착각을 느끼고, 어두운 거리 위에 걸음을 멈춘다. 이제 그와 다시 만날 때, 나는 이미 약하지 않다. 나는 그 과오를 거듭 범하지 않는다. 우리는 영구히 다시 떠나지 않는다……. 그러나 그를 어디가 찾나. 어허, 공허하고, 또 암담한 사상이여. 이 넓고, 또 휑한 광화문 거리 위에서, 한 개의 사내 마음이 이렇게도 외롭고 또 가엾을 수 있었나.

각모(角帽) 쓴 학생과, 젊은 여자가 어깨를 나란히 하여 구보

부전감(不全感) 불완전한 감정이나 느낌.
헤뜨리다 마구 흩어지게 하다.
철겹다 제철에 뒤져서 맞지 않다.
수심가(愁心歌) 구슬픈 가락의 서도 민요의 하나. 인생의 허무함을 한탄하는 사설로, 평양의 것이 가장 유명하다.
암담하다(暗澹--) 희망이 없고 절망적이다.
각모(角帽) 사각모자. 예전에는 대학이나 전문학교 학생들이 쓰고 다녔다.

앞을 지나갔다. 그들의 걸음걸이에는 탄력이 있었고, 그들의 말소리는 은근하였다. 사랑하는 이들이여. 그대들 사랑에 언제든 다행한 빛이 있으라. 마치 자애˙ 깊은 부로(父老)˙와 같이 구보는 너그럽고 사랑 가득한 마음을 가져 진정으로 그들을 축복하여 준다.

이제

어디로 갈 것을 잊은 듯이, 그러할 필요가 없어진 듯이, 얼마 동안을, 구보는, 그곳에 가, 망연히 서 있었다. 가엾은 애인. 이 작품의 결말은 이대로 좋을 것일까. 이제, 뒷날, 그들은 다시 만나는 일도 없이, 옛 상처를 스스로 어루만질 뿐으로, 언제든 외롭고 또 애달파야만 할 것일까. 그러나, 그 즉시 아아, 생각을 말리라. 구보는 의식하여 머리를 흔들고, 그리고 좀 급한 걸음걸이로 온 길을 되걸어 갔다. 그래도, 마음에 아픔은 그저 있었고, 고개 숙여 걷는 길 위에, 발에 채는 조약돌이 회상˙의 무수한 파편이다. 머리를 들어 또 한 번 뒤흔들고, 구보는, 참말 생각을 말리라, 말리라······.

자애(慈愛) 아랫사람에게 베푸는 도타운 사랑.
부로(父老) 한 동네에서 나이가 많은 남자 어른을 높여 이르는 말.
회상(回想) 지난 일을 돌이켜 생각함. 또는 그런 생각.

이제 그는 마땅히 다방으로 가, 그곳에서 벗과 다시 만나, 이 한밤의 시름˚을 덜 도리를 하여야 한다. 그러나 그가 채 전차 선로를 횡단할 수 있기 전에 그는 "눈깔 아저씨." 하고 불리고 그리고 그가 걸음을 멈추고 돌아보았을 때, 그의 단장과 노트 든 손은 아이들의 조그만 손에 붙잡혔다. 어디를 갔다 오니. 구보는 웃는 얼굴을 짓기에 바쁘다. 어느 벗의 조카아이들이다. 아이들은 구보가 안경을 썼대서 언제든 눈깔 아저씨라 불렀다. 야시˚ 갔다 오는 길이라우. 그런데 왜 요새 토옹 집이 안 오우, 눈깔 아저씨. 응, 좀 바빠서……. 그러나 그것은 거짓이었다. 구보는, 순간에, 자기가 거의 달포˚ 이상을 완전히 이 아이들을 잊고 있었던 사실을 기억에서 찾아내고 이 천진한 소년들에게 참말 미안하다 생각한다.

　가엾은 아이들이다. 그들은 결코 아버지의 사랑을 몰랐다. 그들의 아버지는 다섯 해 전부터 어느 시골서 따로 살림을 차렸고, 그들은, 그래, 거의 완전히 어머니의 손으로써만 길리었다. 어머니에게, 허물은 없었다. 그러면, 아버지에게. 아버지도, 말하자면, 착한 이였다. 그러나 그에게는 역시 여자에게 대하여 방종성˚이 있었다. 극도의 생활난 속에서, 그래도, 어머니는 아이

시름　마음에 걸려 풀리지 않고 항상 남아 있는 근심과 걱정.
야시(夜市)　야시장. 밤에 벌이는 시장.
달포　한 달이 조금 넘는 기간.
방종성(放縱性)　제멋대로 행동하여 거리낌이 없는 성격.

들을 학교에 보냈다. 열여섯 살짜리 큰딸과, 아래로 삼 형제. 끝의 아이는 명년에 학령(學齡)이었다. 삶의 어려움을 하소연하면서도 그 애마저 보통학교에 입학시킬 것을 어머니가 기쁨 가득히 말하였을 때, 구보의 머리는 저 모르게 숙여졌었다.

　구보는 아이들을 사랑한다. 아이들의 사랑을 받기를 좋아한다. 때로, 그는 아이들에게 아첨하기조차 하였다. 만약 자기가 사랑하는 아이들이 자기를 따르지 않는다면 ― 그것은 생각만 하여 볼 따름으로 외롭고 또 애달팠다. 그러나 아이들은 그렇게도 단순하다. 그들은, 그들을 사랑하는 사람을 반드시 따랐다.

　눈깔 아저씨, 우리 이사한 담에 언제 왔수. 바루 저 골목 안이야. 같이 가아 응. 가 보고도 싶었다. 그러나 역시, 시간을 생각하고, 벗을 놓칠 것을 염려하고, 그는 이내 그것을 단념하는 수밖에 없었다. 어찌할까. 구보는, 저편에 수박 실은 구루마를 발견하였다. 너희들 배탈 안 났니. 아아니, 왜 그러우. 구보는 두 아이에게 수박을 한 개씩 사서 들려 주고, 어머니 갖다 드리구 노나 줍쇼, 그래라. 그리고 덧붙이어 쌈 말구 똑같이들 노나야 한다. 생각난 듯이 큰아이가 보고하였다. 지난번에 필운이 아저씨가 바나나를 사 왔는데, 누나는 배탈이 나서 먹지를 못했죠,

---

명년(明年) 올해의 다음. 내년.
학령(學齡) 초등학교에 들어가야 할 나이.
아첨하다(阿諂--) 남의 환심을 사거나 잘 보이려고 알랑거리다.
구루마 수레. 바퀴를 달아서 굴러가게 만든 기구. 사람이 타거나 짐을 싣는다.

그래 막 까시를 올렸더니만……. 구보는 그 말괄량이 소녀의, 거의 울가망이 된 얼굴을 눈앞에 그려 보고 빙그레 웃었다. 마침 앞을 지나던 한 여자가 날카롭게 구보를 흘겨보았다. 그의 얼굴은 결코 어여쁘지 못했다. 뿐만 아니라 무에 그리 났는지, 그는 얼굴 전면에 대소(大小) 수십 편의 뼈꾸를 붙이고 있었다. 응당 여자는 구보의 웃음에서 모욕을 느꼈을 게다. 구보는, 갑자기, 홍소(哄笑)하였다. 어쩌면, 이제, 구보는 명랑하여질 수 있을지도 모른다.

그래도

집으로 자꾸 가자는 아이들을 달래어 보내고, 구보는 다방으로 향한다. 이 거리는 언제든 밤에, 행인이 드물었고, 전차는 한길 한복판을 가장 게으르게 굴러갔다. 결코 환하지 못한 이 거리, 가로수 아래, 한두 명의 부녀들이 서고, 혹은, 앉아 있었다. 그들은, 물론, 거리에 몸을 파는 종류의 여자들은 아니었을 게

까시 놀림.
울가망 근심스럽거나 답답하여 기분이 나지 않음. 또는 그런 상태.
대소(大小) 크고 작음.
편(片) 작은 조각의 물건.
뼈꾸 고약. 주로 헐거나 곪은 데에 붙이는 끈끈한 약.
홍소하다(哄笑--) 입을 크게 벌리고 웃거나 떠들썩하게 웃다.

다. 그래도, 이, 밤 들면 언제든 쓸쓸하고, 또 어두운 거리 위에 그것은 몹시 음울하고도 또 고혹적인 존재였다. 그렇게도 갑자기, 부란(腐爛)된 성욕을, 구보는 이 거리 위에서 느낀다.

문득, 제비와 같이 경쾌하게 전보 배달의 자전거가 지나간다. 그의 허리에 찬 조그만 가방 속에 어떠한 인생이 압축되어 있을 것인가. 불안과, 초조와, 기대와…… 그 조그만 종이 위의, 그 짧은 문면(文面)은 그렇게도 용이하게, 또 확실하게, 사람의 감정을 지배한다. 사람은 제게 온 전보를 받아 들 때 그 손이 가만히 떨림을 스스로 깨닫지 못한다. 구보는 갑자기 자기에게 온 한 장의 전보를 그 봉함(封緘)을 떼지 않은 채 손에 들고 감동하고 싶은 충동을 느꼈다. 전보가 못 되면, 보통 우편물이라도 좋았다. 이제 한 장의 엽서에라도, 구보는 거의 감격을 가질 수 있을 게다.

흥, 하고 구보는 코웃음 쳐 보았다. 그 사상은 역시 성욕의, 어느 형태로서의, 한 발현에 틀림없었다. 그러나 물론 결코 부

고혹적(蠱惑的) 정신을 못 차릴 정도로 아름답거나 매력적인. 또는 그런 것.
부란(腐爛) 1. 썩어 문드러짐. 2. 생활이 문란함을 비유적으로 이르는 말.
문면(文面) 문장이나 편지에 나타난 대강의 내용.
✲ 불안과, 초조와, 기대와 ~ 사람의 감정을 지배한다 전보는 보통 보내는 사람이 어떤 소식을 시급히 알리고자 할 때 내용을 짧게 압축해서 전신으로 보내는 통신 수단이므로, 전보를 받는다는 것 자체가 수신자 입장에서는 그 내용의 확인에 앞서 여러 감정적인 반응을 불러일으킨다는 의미이다.
봉함(封緘) 편지를 봉투에 넣고 열지 못하게 꼭 붙임. 또는 그 편지.
발현(發現) 속에 있거나 숨은 것이 밖으로 나타나거나 그렇게 나타나게 함. 또는 그런 결과.
✲ 그 사상은 역시 성욕의, 어느 형태로서의, 한 발현에 틀림없었다 벗들이 소식을 전하지 않은 것이 오래되었기에 자신에게 전보나 엽서와 같은 우편물이 오지 않을 것이라는 사실을 알고 있음에도 불구하고, 지나가는 전보 배달 자전거를 보고는 불현듯 전보를 들고 감동하고 싶어 하는 충동에 사로잡힌 구보의 심리를 비유한 표현이다.

자연하지 않은 생리적 현상을 무턱대고 업신여길 의사는 구보에게 없었다. 사실 서울에 있지 않은 모든 벗을 구보는 잊은 지 오래였고 또 그 벗들도 이미 오랫동안 소식을 전하여 오지 않았다. 그들은, 모두, 지금, 무엇들을 하구 있을까. 한 해에 단 한 번 연하장을 보내 줄 따름의 벗에까지, 문득 구보는 그리움을 가지려 한다. 이제 수천 매의 엽서를 사서, 그 다방 구석진 탁자 위에서…… 어느 틈엔가 구보는 가장 열정을 가져, 벗들에게 편지를 쓰고 있는 저 자신을 보았다. 한 장, 또 한 장, 구보는 재떨이 위에 생담배가 타고 있는 것도 깨닫지 못하고, 그가 기억하고 있는 온갖 벗의 이름과 또 주소를 엽서 위에 흘려 썼다……. 구보는 거의 만족한 웃음조차 입가에 띠며, 이것은 한 개 단편소설의 결말로는 결코 비속하지 않다, 생각하였다. 어떠한 단편소설의 — 물론, 구보는, 아직 그 내용을 생각하지 않았다.

그러나 그러한 것은 어떻든 벗들의 편지가 정말 보고 싶었다. 누가 내게 그 기쁨을 주지는 않는가. 문득 구보의 걸음이 느려지며, 그동안, 집에, 편지가 와 있지나 않을까, 그리고 그것은 가장 뜻하지 않았던 옛 벗으로부터의 열정이 넘치는 글이나 아닐까, 하고 제 맘대로 꾸며 생각하고 그리고 물론 그것이 얼마나 근거 없는 생각인 줄 알았어도, 구보는 그 애달픈 기쁨을 그렇게도 가혹하게 깨뜨려 버리려 하지 않았다. 그러나 그것은 벗

연하장(年賀狀) 새해를 축하하기 위하여 간단한 글이나 그림을 담아 보내는 편지.

에게서 온 편지는 아닐지도 모른다. 혹은, 어느 신문사나, 잡지사나…… 그러면 그 인쇄된 봉투에 어머니는 반드시 기대와 희망을 갖고, 그것이 아들에게 무슨 크나큰 행운이나 약속하고 있는 거나 같이 몇 번씩 놓았다, 들었다, 또는 전등불에 비추어 보았다……. 그리고 기다려도 안 들어오는 아들이 편지를 늦게 보아 그만 그 행운을 놓치고 말지나 않을까, 그러한 경우까지를 생각하고 어머니는 안타까워할 게다. 그러나 가엾은 어머니가 그렇게까지 감동을 가진 그 서신이 급기야 뜯어 보면, 신문 1회분의, 혹은 잡지 한 페이지분의, 잡문의 의뢰이기 쉬웠다.

  구보는 쓰디쓰게 웃고, 다방 안으로 들어선다. 사람은 그곳에 많았어도, 벗은 있지 않았다. 그는 이제 이곳에서 벗을 기다려야 한다.

다방을

찾는 사람들은, 어인 까닭인지 모두들 구석진 좌석을 좋아하였다. 구보는 하나 남아 있는 가운데 탁자에 가 앉는 수밖에 없었다. 그래도, 그는 그곳에서 엘만의 '발스 센티멘털'을 가장 마

잡문(雜文) 일정한 체계나 문장 형식에 구애받지 않고 되는대로 쓴 글.
엘만 미샤 엘만(Mischa Elman, 1891~1967) 러시아 태생의 세계적인 바이올리니스트.
발스 센티멘털 슈베르트의 피아노 연주곡.

음 고요히 들을 수 있었다. 그러나 그 선율이 채 끝나기 전에, 방약무인(傍若無人)한 소리가, 구포 씨 아니요. 구보는 다방 안의 모든 사람들의 시선을 온몸에 느끼며, 소리 나는 쪽을 돌아보았다. 중학을 이삼 년 일찍 마친 사내, 어느 생명 보험 회사의 외교원이라는 말을 들었다. 평소에 결코 왕래가 없으면서도 이제 이렇게 알은체를 하려는 것은 오직 얼굴이 새빨개지도록 먹은 술 탓인지도 몰랐다. 구보는 무표정한 얼굴로 약간 끄떡하여 보이고 즉시 고개를 돌렸다. 그러나 그 사내가 또 한 번, 역시 큰 소리로, 이리 좀 안 오시료, 하고 말하였을 때, 구보는 게으르게나마 자리에서 일어나, 그의 탁자로 가는 수밖에 없었다. 이리 좀 앉으시오. 참, 최 군, 인사하지. 소설가, 구포 씨.

이 사내는, 어인 까닭인지 구보를 반드시 '구포'라고 발음하였다. 그는 맥주병을 들어 보고, 아이 쪽을 향하여 더 가져오라고 소리치고, 다시 구보를 보고, 그래 요새두 많이 쓰시우. 무어 별로 쓰는 것 '없습니다.' 구보는 자기가 이러한 사내와 접촉을 가지게 된 것에 지극한 불쾌를 느끼며, 경어를 사용하는 것으로 그와 사이에 간격을 두기로 하였다. 그러나 이 딱한 사내는

방약무인하다(傍若無人--) 곁에 사람이 없는 것처럼 아무 거리낌 없이 함부로 말하고 행동하는 태도가 있다.
외교원(外交員) 은행이나 회사에서 교섭이나 권유, 선전, 판매를 위하여 고객을 방문하는 일이 주된 업무인 사원.
지극하다(至極--) 더할 수 없이 극진하다.
경어(敬語) 높임말.

도리어 그것에서 일종 득의감을 맛볼 수 있었는지도 모른다. 그뿐 아니라, 그는 한 잔 십 전짜리 차들을 마시고 있는 사람들 틈에서 그렇게 몇 병씩 맥주를 먹을 수 있는 것에 우월감을 갖고, 그리고 지금 행복이었을지도 모른다. 그는 구보에게 술을 따라 권하고, 내 참 구포 씨 작품을 애독하지. 그리고 그러한 말을 하였음에도 불구하고 구보가 아무런 감동도 갖지 않는 듯싶은 것을 눈치채자, 사실, 내 또 만나는 사람마다 보구,

"구포 씨를 선전하지요."

그러한 말을 하고는 혼자 허허 웃었다. 구보는 의미몽롱한 웃음을 웃으며, 문득, 이 용감하고 또 무지한 사내를 고급(高給)으로 채용하여 구보 독자 권유원을 시키면, 자기도 응당 몇십 명의, 또는 몇백 명의 독자를 획득할 수 있을지 모르겠다고 그런 난데없는 생각을 하여 보고, 그리고 혼자 속으로 웃었다. 참 구보 선생, 하고 최 군이라 불린 사내도 말참견을 하여, 자기가 독견(獨鵑)의 〈승방비곡(僧房悲曲)〉과 윤백남(尹白南)의 〈대도전

득의감(得意感) 일이 뜻대로 이루어져 만족해하는 느낌.
의미몽롱하다 문맥상 '뜻이 분명하지 않다' 정도의 의미로 쓰임.
고급(高給) 높은 등급의 봉급.
독견(獨鵑) 최독견(1901~1970). 소설가이자 언론인으로, 서울신문 편집국장 등을 지냈다. 작품으로 단편 〈유모(乳母)〉, 중편 〈승방비곡(僧房悲曲)〉 등이 있다.
승방비곡(僧房悲曲) 최독견이 1927년 5월 10일부터 9월 11일까지 「조선일보」에 연재한 중편 소설. 불교 대학을 마친 젊은 승려와 이화 학당에서 음악을 가르치는 처녀 교사가 신부 어머니의 반대를 무릅쓰고 결혼을 하지만, 그 뒤 자살한 어머니의 유서로 인해 두 사람이 남매임이 밝혀진다는 내용의 작품이다.
윤백남(尹白南) 소설가, 극작가, 영화 감독(1888~1954). 매일신보 편집장을 지냈고, 백남 프로덕션을 창립하여 여러 편의 영화를 감독·제작하였다.

(大盜傳))을 걸작이라 여기고 있는 것에 구보의 동의를 구하였다. 그리고, 이 어느 화재 보험 회사의 권유원인지도 알 수 없는 사내는, 가장 영리하게,

"구보 선생님의 작품은 따루 치구……."

그러한 말을 덧붙였다. 구보가 간신히 그것들이 좋은 작품이라 말하였을 때, 최군은 또 용기를 얻어, 참 조선서 원고료는 얼마나 됩니까. 구보는 이 사내가 원호료라 발음하지 않는 것에 경의를 표하였으나 물론 그는 이러한 종류의 사내에게 조선 작가의 생활 정도를 알려 주어야 할 아무런 의무도 갖지 않는다.

그래, 구보는 혹은 상대자가 모멸을 느낄지도 모를 것을 알면서도, 불쑥, 자기는 이제까지 고료라는 것을 받아 본 일이 없어, 그러한 것은 조금도 모른다 말하고, 마침 문을 들어서는 벗을 보자 그만 실례합니다. 그리고 그들이 무어라 말할 수 있기 전에 제자리로 돌아와 노트와 단장을 집어 들고, 마악 자리에 앉으려는 벗에게,

"나갑시다. 다른 데로 갑시다."

밖에, 여름밤, 가벼운 바람이 상쾌하다.

대도전(大盜傳) 「동아일보」에 두 번에 걸쳐 연재된 윤백남의 대중 소설. 고려 말기, 신돈이 정치에 참여하여 음란하고 오만한 행위로 정치가 어지러워진 혼란한 시대 상황을 배경으로 폭정에 아버지를 잃은 무룡이라는 인물의 영웅적 일대기를 그리고 있다.
✤ 간신히 그것들이 좋은 작품이라 말하였을 때 구보는 '구보'를 '구포'라고 발음하는 생명 보험 회사 외교원인 사내와 최 군을 상대하기 싫어 마음에도 없이 최독견과 윤백남의 작품을 좋다고 말한 것이다.
모멸(侮蔑) 업신여기고 얕잡아 봄.

조선 호텔

앞을 지나, 밤늦은 거리를 두 사람은 말없이 걸었다. 대낮에도 이 거리는 행인이 많지 않다. 참 요사이 무슨 좋은 일 있소. 맞은편의 경성 우편국 삼층 건물을 바라보며 구보는 생각난 듯이 물었다. 좋은 일이라니. 돌아보는 벗의 눈에 피로가 있었다. 다시 걸어 황금정(黃金町)으로 향하며, 이를테면, 조그만 기쁨, 보잘것없는 기쁨 그러한 것을 가졌소. 뜻하지 않은 벗에게서 뜻하지 않은 엽서라도 한 장 받았다는 종류의…….

"갖구 말구."

벗은 서슴지 않고 대답하였다. 노형같이 변변치 못한 사람은 죽을 때까지 받아 보지 못할 편지를. 그리고 벗은 허허 웃었다. 그러나 그것은 공허한 음향이었다. 내용 증명의 서류(書留) 우편. 이 시대에는 조그만 한 개의 다료를 경영하기도 수월치 않았다. 석 달 밀린 집세. 총총하던 별이 자취를 감추고 하늘이 흐렸다. 벗은 갑자기 휘파람을 분다. 가난한 소설가와, 가난한 시인과……. 어느 틈엔가 구보는 그렇게도 구차한 내 나라를 생각하고 마음이 어두웠다.

황금정(黃金町) 지금의 을지로. 본정(충무로), 명치정(명동)과 함께 경성의 3대 일본인 상점가. 특히 금융기관이 밀집해 있었다.
변변하다 됨됨이나 생김새 따위가 흠이 없고 어지간하다.
수월하다 까다롭거나 힘들지 않아 하기가 쉽다.

"혹시 노형은 새로운 애인을 갖고 싶다 생각 않소."

벗이 휘파람을 마치고 장난꾼같이 구보를 돌아보았다. 구보는 호젓하게 웃는다. 애인도 좋았다. 애인 아닌 여자도 좋았다. 구보가 지금 원함은 한 개의 계집에 지나지 않는지도 몰랐다. 또는 역시 어질고 총명한 아내라야 하였을지도 몰랐다. 그러다가 구보는, 문득, 아내도 계집도 말고, 십칠팔 세의 소녀를, 만약 그럴 수 있다면, 딸을 삼고 싶다고 그러한 엄청난 생각을 하여 보았다. 그 소녀는 마땅히 아리땁고, 명랑하고, 그리고 또 총명하여야 한다. 구보는 자애 깊은 아버지의 사랑을 가져 소녀를 데리고 여행을 할 수 있을 게다.

갑자기 구보는 실소하였다. 나는 이미 그토록 늙었나. 그래도 그 욕망은 쉽사리 버려지지 않았다. 구보는 벗에게 알리고 싶은 것을 참고, 혼자 마음속에 그 생각을 즐겼다. 세 개의 욕망. 그 어느 한 개만으로도 구보는 이제 용이히 행복될지 몰랐다. 혹은 세 개의 욕망의, 그 셋이 모두 이루어지더라도 결코 구보는 마음의 안위를 이룰 수 없을지도 몰랐다.

역시 그것은 '고독'이 빚어 내는 사상이었다.

나의 원하는 바를 월륜(月輪)도 모르네

실소하다(失笑--) 어처구니가 없어 저도 모르게 웃음이 툭 터져 나오다.
용이히(容易-) 어렵지 아니하고 매우 쉽게.
월륜(月輪) 둥근 모양의 달. 또는 그 둘레.

문득 하루오(佐藤春夫)의 일행시를 구보는 입 밖에 내어 외어 본다. 하늘은 금방 빗방울이 떨어질 것같이 어둡다. 월륜은커녕, 혹은 구보 자신 알지 못하고 있을지도 모른다. 어느 틈엔가 종로에까지 다시 돌아와, 구보는 갑자기 손에 든 단장과 대학 노트의 무게를 느끼며 벗을 돌아보았다. 능히 오늘 밤 술을 사 줄 수 있소. 벗은 생각하여 보는 일 없이 고개를 끄떡이었다. 구보가 다시 다리에 기운을 얻어, 종각 뒤 그들이 가끔 드나드는 술집을 찾았을 때, 그러나 그곳에는 늘 보던 여급이 없었다. 낯선 여자에게 물어, 그가 지금 가 있는 낙원정(樂園町)의 어느 카페 이름을 배우자, 구보는 역시 피로한 듯싶은 벗의 팔을 이끌어 그리로 가자, 고집하였다. 그 여급을 구보는 이름도 몰랐다. 이를테면 벗이 흥미를 가지고 있는 계집이었다. 마치 경박한 불량소년과 같이, 계집의 뒤를 쫓는 것에서 값없는 기쁨이나마 구보는 맛보려는 심사인지도 모른다.

하루오(佐藤春夫) 사토 하루오(1892~1964). 일본의 시인이자 소설가, 평론가. 20세기 전반 일본의 전통적·고전적 서정시의 일인자로 평가된다.
여급(女給) 카페나 다방, 음식점 따위에서 손님의 시중을 드는 여자.
낙원정(樂園町) 현 종로구 낙원동의 일제 강점기 명칭.
심사(心事) 마음속으로 생각하는 일. 또는 그 생각.

처음에

 벗은, 그러나, 구보의 말을 좇지 않았다. 혹은, 벗은 그 여급에게 흥미를 느끼지 않고 있었던 것인지도 모른다. 그러나 만약 그가 그 여자에게 무어 느낀 게 있었다 하면 그것은 분명히 흥미 이상의 것이었을 게다. 그들이 마침내, 낙원정으로 그 계집 있는 카페를 찾았을 때, 구보는, 그러나, 벗의 감정이 그 둘 중의 어느 것도 아니었다는 것을 알았다. 혹은, 어느 것이든 좋았었는지도 몰랐다. 하여튼, 벗도 이미 늙었다. 그는 나이로 청춘이었으면서도, 기력과, 또 정열이 결핍되어 있었다. 까닭에 그가 항상 그렇게도 구하여 마지않는 것은, 온갖 의미로서의 자극이었는지도 모른다.

 여급이 세 명, 그리고 다음에 두 명, 그들의 탁자로 왔다. 그렇게 많은 '미녀'를 그 자리에 모이게 한 것은, 물론 그들의 풍채도 재력도 아니다. 그들은 오직 이곳에 신선한 객이었고, 그리고 노는계집들은 그렇게도 많은 사내들과 알은체하기를 좋아하였다. 벗은 차례로 그들의 이름을 물었다. 그들의 이름에는 어인 까닭인지 모두 '코'가 붙어 있었다. 그것은 결코 고상한 취미가 아니었고, 그리고 때로 구보의 마음을 애달프게 한다.

풍채(風采) 드러나 보이는 사람의 겉모양.
객(客) 손님.
코 한자로 '자(子)'에 해당하는 일본어.

"왜, 호구 조사 오셨어요?"

새로이 여급이 그들의 탁자로 와서 말하였다. 문제의 여급이다. 그들이 그 계집에게 알은체하는 것을 보고, 그들의 옆에 앉았던 두 명의 계집이 자리를 양도하려 엉거주춤히 일어섰다. 여자는, 아니 그대루 앉아 있에요, 사양하면서도 벗의 옆에 가 앉았다. 이 여자는 다른 다섯 여자들보다 좀 더 예쁠 것은 없었다. 그래도 어딘지 모르게 기품이 있어 보이기는 하였다. 벗이 그와 둘이서만 몇 마디 말을 주고받고 하였을 때, 세 명의 여급은 다른 곳으로 가 버리고 말았다. 동료와 친근히 하고 있는 듯싶은 객에게, 계집들은 결코 흥미를 느끼지 않는다.

"어서 약주 드세요."

이 탁자를 맡은 계집이, 특히 벗에게 권하였다. 사실 맥주를 세 병째 가져오도록 벗이 마신 술은 모두 한 고뿌나 그밖에 안 되었던 것임에 틀림없었다. 그러나 벗은 오직 그 고뿌를 들어 보고 또 입에 대는 척하고, 그리고 다시 탁자에 놓았다. 이 벗은 음주 불감증이 있었다. 그러나 물론 계집들은 그러한 병명을 알지 못한다. 구보에게 그것이 일종의 정신병임을 듣고, 그들은 철없이 눈을 동그랗게 떴다. 그리고 다음에 또 철없이 그들은

호구 조사(戶口調査) 집집마다 다니며 가족의 실태를 조사함.
양도하다(讓渡--) 재산이나 물건을 남에게 넘겨주다.
기품(氣品) 인격이나 작품 따위에서 드러나는 고상한 품격.
고뿌 '컵(cup)'의 일본식 발음.

웃었다. 한 사내가 있어 그는 평소에는 술을 즐기지 않으면서도 때때로 남주(濫酒)를 하여, 언젠가는 일본주(日本酒)를 두 되 이상이나 먹고, 그리고 거의 혼도(昏倒)를 하였다고 한 계집은 이야기를 하고, 그리고 그것도 역시 정신병이냐고 구보에게 물었다. 그것은 기주증(嗜酒症), 갈주증(渴酒症), 또는 황주증(荒酒症)이었다. 얼마 전엔가 구보가 흥미를 가져 읽은 〈현대 의학 대사전〉 제23권은 그렇게도 유익한 서적임에 틀림없었다.

갑자기 구보는 온갖 사람들을 모두 정신병자라 관찰하고 싶은 강렬한 충동을 느꼈다. 실로 다수의 정신병 환자가 그 안에 있었다. 의상분일증(意想奔逸症). 언어도착증(言語倒錯症). 과대망상증(誇大妄想症). 추외언어증(醜猥言語症). 여자음란증(女子淫亂症). 지리멸렬증(支離滅裂症). 질투망상증(嫉妬妄想症). 남자음

남주(濫酒) 문맥상 '마구 술을 마심' 정도의 의미로 쓰임.
혼도(昏倒) 정신이 어지러워 쓰러짐.
기주증(嗜酒症) 울적할 때마다 술을 마시는 증세.
갈주증(渴酒症) 술을 목말라 하는 증세.
황주증(荒酒症) 헤어나지 못할 만큼 술에 빠지는 증세.
의상분일증(意想奔逸症) 주의가 산만하여 목적하였던 생각이 자꾸 달라지며 처음 생각이 끝나기도 전에 또 다른 생각으로 옮아가는 정신병 증세.
언어도착증(言語倒錯症) '도착증'이 '감정이나 기능 및 의지적인 면에서 정상적 상태를 벗어나는 병적 기능 장애'를 뜻하므로, '언어도착증'은 비정상적으로 말을 하는 정신병을 이르는 것으로 보임.
과대망상증(誇大妄想症) 사실보다 과장하여 터무니없는 헛된 생각을 하는 증상.
추외언어증(醜猥言語症) '추외'가 '더럽고 상스러움'을 뜻하므로, '추외언어증'은 더럽고 상스러운 말을 하는 정신병을 이르는 것으로 보임.
여자음란증(女子淫亂症) 남성에 대하여 과도한 성적 충동을 느끼는 정신병.
지리멸렬증(支離滅裂症) 사고의 진행이 끊겨 논리적 연관이 없이 말을 하는 정신 분열증의 일종.
질투망상증(嫉妬妄想症) 배우자가 타인과 성적 관계나 애정 관계를 가지는 것이 아닌지 의심하는 정신병.

란증(男子淫亂症). 병적기행증(病的奇行症). 병적허언기편증(病的虛言欺騙症). 병적부덕증(病的不德症). 병적낭비증(病的浪費症)…….

그러다가, 문득 구보는 그러한 것에 흥미를 느끼려는 자기가, 오직 그런 것에 흥미를 갖는다는 것만으로도 이미 한 개의 환자에 틀림없다, 깨닫고, 그리고, 유쾌하게 웃었다.

그러면

무어, 세상 사람이 다 미친 사람이게. 구보 옆에 조그마니 앉아, 말없이 구보의 이야기만 듣고 있던 여급이 당연한 질문을 하였다. 문득 구보는 그에게로 향하여 비스듬히 고쳐 앉으며, 실례지만, 하고 그러한 말을 사용하고, 그의 나이를 물었다. 여자는 잠깐 망설거리다가,

"갓 스물이에요."

여성들의 나이란 수수께끼다. 그래도 이 계집을 갓 스물이라

남자음란증(男子淫亂症) 여성에 대하여 과도한 성적 충동을 느끼는 정신병.
병적기행증(病的奇行症) 비정상적으로 기이한 행동을 하는 병적 증상.
병적허언기편증(病的虛言欺騙症) '허언'은 '거짓말'을, '기편'은 '사람을 속이고 재물을 빼앗음'을 뜻하므로, '병적허언기편증'은 거짓말로 사람을 속이고 재물을 빼앗는 정신병을 이르는 것으로 보임.
병적부덕증(病的不德症) 인간으로서의 도리를 행하려는 올바른 마음이나 인격이 결여된 병적 증상.

볼 수는 없었다. 스물다섯이나 여섯. 적어도 스물넷은 됐을 게다. 갑자기 구보는 일종의 잔인성을 가져, 그 역시 정신병자임에 틀림없음을 일러 주었다. 당의즉답중(當意卽答症). 벗도 흥미를 가져, 그에게 그 병에 대하여 자세한 것을 물었다. 구보는 그의 대학 노트를 탁자 위에 펴 놓고, 그 병의 환자와 의원 사이의 문답을 읽었다. 코는 몇 개요. 두 갠지 몇 갠지 모르겠습니다. 귀는 몇 개요. 한 갭니다. 셋하구 둘하구 합하면. 일곱입니다. 당신 몇 살이오. 스물하납니다(기실 삼십팔 세). 매씨는. 여든한 살입니다. 구보는 공책을 덮으며, 벗과 더불어 유쾌하게 웃었다. 계집들도 따라 웃었다. 그러나 벗의 옆에 앉은 여급 말고는 이 조그만 이야기를 참말 즐길 줄 몰랐던 것임에 틀림없었다. 특히 구보 옆의 환자는, 그것이 자기의 죄 없는 허위에 대한 가벼운 야유인 것을 깨달을 턱 없이 호호대고 웃었다. 그는 웃을 때마다, 말할 때마다, 언제든 수건 든 손으로 자연을 가장하여 그의 입을 가린다. 사실 그는 특히 입이 모양 없게 생겼던 것임에 틀림없었다. 구보는 그 마음에 동정과 연민을 느꼈다. 그러나 그것은 물론, 애정과 구별되지 않으면 안 된다. 연민과 동정은 극히 애정에 유사하면서도 그것은 결코 애정일 수 없다. 그

당의즉답증(當意卽答症) 어떤 물음에 대하여 옳은 대답을 알고 있으면서도 일부러 모르는 체하거나 아무렇게나 대답하는 증상.
매씨(妹氏) 남의 손아래 누이를 높여 이르는 말.
야유(揶揄) 남을 빈정거려 놀림. 또는 그런 말이나 몸짓.

러나 증오는 — 실로 왕왕 진정한 애정에서 폭발한다……. 일찍이 그의 어느 작품에서 사용하려다 말았던 이 일 절은 구보의 얕은 경험에서 추출된 것에 지나지 않았어도, 그것은 혹은 진리이었을지도 모른다. 그런 객쩍은 생각을 구보가 하고 있었을 때, 문득, 또 한 명의 계집이 생각난 듯이 물었다. 그럼 이 세상에서 정신병자 아닌 사람은 선생님 한 분이겠군요. 구보는 웃고, 왜 나두…… 나는, 내 병은,

"다변증(多辯症)이라는 거라우."

"무어요. 다변증……."

"응, 다변증. 쓸데없이 잔소리 많은 것두 다아 정신병이라우."

"그게 다변증이에요오."

다른 두 계집도 입안말로 '다변증' 하고 중얼거려 보았다. 구보는 속주머니에서 만년필을 꺼내어 공책 위에다 초(草)한다. 작가에게 있어서 관찰은 무엇에든지 필요하였고, 창작의 준비는 비록 카페 안에서라도 하여야 한다. 여급은 온갖 종류의 객을 대함으로써, 온갖 지식을 얻으려 노력하였다 — 잠깐 펜을 멈추고, 구보는 건너편 탁자를 바라보다가, 또 가만히 만족한 웃음을 웃고, 펜 잡은 손을 놀린다. 벗이 상반신을 일으키어, 또

추출되다(抽出--) 전체 속에서 어떤 물건, 생각, 요소 등이 뽑히다.
다변증(多辯症) 병적으로 말을 몹시 많이 하는 증상.

무슨 궁상맞은 짓을 하는 거야. 그리고 구보가 쓰는 대로 그것을 소리 내어 읽었다. 여자는 남자와 마주 대하여 앉았을 때, 그 다리를 탁자 밖으로 내어 놓고 있었다. 남자의 낡은 구두가 탁자 밑에서 그의 조그만 모양 있는 숙녀화를 밟을 것을 염려하여서가 아닐 게다. 그는, 오늘, 그가 그렇게도 사고 싶었던 살빛 나는 비단 양말을 신을 수 있었다. 그리고 그것은 그렇게도 자랑스러웠던 것임에 틀림없었다.

홍, 하고 벗은 코로 웃고 그리고 소설가와 벗할 것이 아님을 깨달았노라 말하고, 그러나 부디 별의별 것을 다 쓰더라도 나의 음주불감증만은 얘기 말우. 그리고 그들은 유쾌하게 웃었다.

구보와 벗과,

그들의 대화의 대부분을, 물론, 계집들은 알아듣지 못하였다. 그러면서도 그들은 능히 모든 것을 이해할 수 있었던 듯이 가장하였다. 그러나, 그것은 결코 죄가 아니었고, 또 사람은 그들의 무지를 비웃어서는 안 된다. 구보는 펜을 잡았다. 무지는 노는계집들에게 있어서, 혹은, 없어서는 안 될 물건이나 아닐까. 그들이 총명할 때, 그들에게는 괴로움과 아픔과 쓰라림

궁상맞다(窮狀--) 꾀죄죄하고 초라하다.

과…… 그 온갖 것이 더하고, 불행은 갑자기 나타나 그들의 마음을 사로잡고 말 게다. 순간, 순간에 그들이 맛볼 수 있는 기쁨을, 다행함을, 비록 그것이 얼마 값없는 물건이더라도, 그들은 무지라야 비로소 가질 수 있다……. 마치 그것이 무슨 진리나 되는 듯이, 구보는 노트에 초하고, 그리고 계집이 권하는 술을 사양 안 했다.

어느 틈엔가 밖에 비가 내리고 있었다. 가만한 비다. 은근한 비다. 그렇게 밤늦어, 그렇게 은근히 비 내리면, 구보는 때로 애달픔을 갖는다. 계집들도 역시 애달픔을 가졌다. 그들은 우산의 준비가 없이 그들의 단벌 옷과, 양말과 구두가 비에 젖을 것을 염려하였다.

유끼짱. 보이지 않는 구석에서 취성(醉聲)이 들려왔다. 구보는 창밖 어둠을 바라보며, 문득, 한 아낙네를 눈앞에 그려 보았다. 그것은 '유끼'— 눈이 그에게 준 생각이었는지도 모른다. 광교(廣橋) 모퉁이 카페 앞에서, 마침 지나는 그를 작은 소리로 불렀던 아낙네는 분명히 소복(素服)을 하고 있었다. 말씀 좀 여쭤 보겠습니다. 여인은 거의 들릴락 말락한 목소리로 말하고, 걸음을 멈추는 구보를 곁눈에 느꼈을 때, 그는 곧 외면하고, 겨우

가만하다 움직임 따위가 그다지 드러나지 않을 만큼 조용하고 은은하다.
취성(醉聲) 술에 취해서 내는 소리.
유끼 '눈(雪)'을 뜻하는 일본어.
소복(素服) 하얗게 차려입은 옷. 흔히 상복으로 입는다.

손을 내밀어 카페를 가리키고, 그리고,

"이 집에서 모집한다는 것이 무엇이에요."

카페 창 옆에 붙어 있는 종이에 "女給大募集. 여급대모집." 두 줄로 나누어 씌어 있었다. 구보는 새삼스러이 그를 살펴보고, 마음에 아픔을 느꼈다. 빈한(貧寒)은 하였을지도 모른다. 그러나 그는 저 자신 일거리를 찾아 거리에 나오지 않아도 좋았을 게다. 그러나 불행은 뜻하지 않고 찾아와, 그는 아직 새로운 슬픔을 가슴에 품은 채 거리로 나오지 않으면 안 되었던 것일 게다. 그에게는 거의 장성한 아들이 있을지도 모른다. 혹은 그것이 아들이 아니라 딸이었던 까닭에 가엾은 이 여인은 저 자신 입에 풀칠하기를 꾀하지 않으면 안 되었을 게다. 그의 처녀 시대에 그는 응당 귀하게 아낌을 받으며 길리었을지도 모른다. 그의 핏기 없는 얼굴에는 기품과, 또 거의 위엄조차 있었다. 구보가 말을, 삼가, 여급이라는 것을 주석(註釋)할 때, 그러나 그 분명히 마흔이 넘었을 아낙네는 그의 말을 끝까지 듣지 않고, 혐오와 절망을 얼굴에 나타내고, 구보에게 목례한 다음, 초연히 그 앞을 떠났다…….

구보는 고개를 돌려, 그의 시야에 든 온갖 여급을 보며, 대체

빈한(貧寒) 살림이 가난하여 집안이 쓸쓸함.
풀칠하다(-漆--) 겨우 끼니를 이어 가다.
주석하다(註釋--) 낱말이나 문장의 뜻을 쉽게 풀이하다.
목례하다(目禮--) 눈짓으로 가볍게 인사하다.
초연히(悄然-) 의욕을 잃어 기운 없이.

그 아낙네와 이 여자들과 누가 좀 더 불행할까, 누가 좀 더 삶의 괴로움을 맛보고 있는 걸까, 생각하여 보고 한숨지었다. 그러나 그 좌석에서 그러한 생각을 하는 것은 옳지 않았을지도 모른다. 구보는 새로이 담배를 피워 물었다. 그러나 탁자 위의 성냥갑은 두 갑이 모두 비어 있었다.

　조그만 계집아이가 카운터로, 달려가 성냥을 가져왔다. 그 여급은 거의 계집아이였다. 그가 열여섯이나 열일곱, 그렇게 말하더라도, 구보는 결코 의심하지 않았을 게다. 그 맑은 두 눈은 그의 두 뺨과 웃음우물은 아직 오탁(汚濁)에 물들지 않았다. 구보가 그 소녀에게 애달픔과 사랑과, 그것들을 한꺼번에 느낄 수 있었던 것은 결코 취한 탓만이 아니었을지도 모른다. 너 내일, 낮에, 나하구 어디 놀러가련. 구보는 불쑥 그러한 말조차 하며 만약 이 귀여운 소녀가 동의한다면, 어디 야외로 반일(半日)을 산책에 보내도 좋다고 생각한다. 그러나 소녀는 그 말에 가만히 미소하였을 뿐이다. 역시 그 웃음우물이 귀여웠다.

　구보는, 문득, 수첩과 만년필을 그에게 주고, 가(可)면 ○를, 부(否)면 ×를, 그리고, ○인 경우에는 내일 정오에 화신상회 옥상으로 오라고, 네가 무어라고 표를 질러 놓든 내일 아침까지는 그것을 펴 보지 않을 테니 안심하고 쓰라고, 그런 말을 하고, 그

웃음우물 웃을 때 두 볼에 움푹 들어가는 자국, 즉 '보조개'를 뜻함.
오탁(汚濁) 더럽고 흐림.

새로 생각해 낸 조그만 유희에 구보는 명랑하게 또 유쾌하게 웃었다.

오전 두 시의

종로 네거리 — 가는 비 내리고 있어도, 사람들은 그곳에 끊임없다. 그들은 그렇게도 밤을 사랑하여 마지않았는지도 모른다. 그들은 그렇게도 용이하게 이 밤에 즐거움을 구하여 얻을 수 있었는지도 모른다. 그리고 그들은 일순, 자기가 가장 행복된 것같이 느낄 수 있었는지도 모른다. 그러나 그들의 얼굴에, 그들의 걸음걸이에, 역시 피로가 있었다. 그들은 결코 위안받지 못한 슬픔을, 고달픔을 그대로 지닌 채, 그들이 잠시 잊었던 혹은 잊으려 노력하였던 그들의 집으로 그들의 방으로 돌아가지 않으면 안 된다.

이렇게 밤늦게 어머니는 또 잠자지 않고 아들을 기다릴 게다. 우산을 가지고 나가지 않은 아들에게 어머니는 또 한 가지의 근심을 가질 게다. 구보는 어머니의 조그만, 외로운, 슬픈 얼굴을 생각하였다. 그리고 저 자신 외로움과 또 슬픔을 맛보지 않으면 안 된다. 구보는 거의 외로운 어머니를 잊고 있었던 것임에 틀

일순(一瞬) 일순간.

림없었다. 그러나 어머니는 그 아들을 응당, 온 하루, 생각하고 염려하고, 또 걱정하였을 게다. 오오, 한없이 크고 또 슬픈 어머니의 사랑이여. 어버이에게서 남편에게로, 그리고 다시 자식에게로, 옮겨 가는 여인의 사랑 — 그러나 그 사랑은 자식에게로 옮겨 간 까닭에 그렇게도 힘 있고 또 거룩한 것이 아니었을까.

구보는, 벗이, 그럼 또 내일 만납시다. 그렇게 말하였어도, 거의 그것을 알아듣지 못하였다. 이제 나는 생활을 가지리라. 생활을 가지리라. 내게는 한 개의 생활을, 어머니에게는 편안한 잠을. 평안히 가 주무시오, 벗이 또 한 번 말했다. 구보는 비로소 그를 돌아보고, 말없이 고개를 끄떡하였다. 내일 밤에 또 만납시다. 그러나, 구보는 잠깐 주저하고, 내일, 내일부터, 나, 집에 있겠소, 창작하겠소.

"좋은 소설을 쓰시오."

벗은 진정으로 말하고, 그리고 두 사람은 헤어졌다. 참말 좋은 소설을 쓰리라. 번(番) 드는 순사가 모멸을 가져 그를 훑어보았어도, 그는 거의 그것에서 불쾌를 느끼는 일도 없이, 오직 그 생각에 조그만 한 개의 행복을 갖는다.

"구보!"

문득, 벗이 다시 그를 찾았다. 참, 그 수첩에다 무슨 표를 질렀나 좀 보우. 구보는, 안주머니에서 꺼낸 수첩 속에서, 크고 또

번(番) 차례로 숙직이나 당직을 하는 일.

정확한 ×표를 찾아내었다. 쓰디쓰게 웃고, 벗에게 향하여, 아마 내일 정오에 화신상회 옥상으로 갈 필요는 없을까 보오. 그러나 구보는 적어도 실망을 갖지 않았다. 설혹 그것이 ○표라 하였더라도 구보는 결코 기쁨을 느낄 수는 없었을 게다. 구보는 지금 저 자신의 행복보다도 어머니의 행복을 생각하고 싶었을지도 모른다. 그 생각에 그렇게 바빴을지도 모른다. 구보는 좀 더 빠른 걸음걸이로 은근히 비 내리는 거리를 집으로 향한다.

어쩌면, 어머니가 이제 혼인 얘기를 꺼내더라도, 구보는 쉽게 어머니의 욕망을 물리치지는 않을지도 모른다.

■ 「조선중앙일보」(1934. 8~9) ; 『성탄제』(을유문화사, 1948)

소설가 구보 씨의 일일 **작품 해설**

등장인물 들여다보기

> **구보**

구보는 스물여섯 살의 청년으로 일본 유학까지 다녀 온 소설가입니다. 그는 안정된 직업을 갖고 결혼하기를 바라는 어머니의 기대를 저버리고, 글을 쓰면서 식민지 수도 경성의 이곳저곳을 돌아다니며 도시의 세태 풍속을 관찰하는 것으로 하루하루를 보냅니다. 구보가 이처럼 경성 거리를 배회하는 까닭은 자신이 소설가라는 점을 강하게 의식하고 있기 때문입니다. 한 손에는 단장을, 다른 한 손에는 창작 노트를 들고 외출하는 모습은 그가 소설가로서 지닌 자의식을 잘 보여 줍니다. 그러나 소설가로서의 자의식이 강하다고 해서 모든 소설가가 구보처럼 행동하는 것은 아닙니다. 소설가 구보가 경성 거리를 배회하는 행동을 하는 데에는 남다른 이유가 있습니다. 이른바 '고현학(考現學, modernology)'이라고 하는 그의 독특한 창작 방법 때문입니다.

'고현학'은 현대의 세태나 풍속을 기록하고 고찰하는 학문입니다. 작품 속에서 구보가 길을 걷다가 '포장도로' 위에 서서 문득 자신이 오랫동안 '모더놀로지'를 게을리했다는 사실을 떠올리는 장면이 나옵니다. 그리고 그는 창작을 위하여 어디를 답사할지 고민하는 모습을 보입니다. 그러니까 구보가 창작 노트를 들고 경성 거리를 이곳저곳 배회하는 까닭은 바로 고현학의 대상이 되는 현대

도시의 세태 풍속을 기록하기 위해서라고 할 수 있습니다. 그런데 현대 도시의 세태 풍속을 기록하려면 천천히 걸어 다니면서 도시적 삶의 모습을 세심히 들여다보아야 하겠죠. 이런 점에서 구보는 도시의 거리를 산책하는 관찰자로서의 면모를 지니고 있다고 할 수 있습니다.

그렇다고 구보가 단지 도시 경성의 세태 풍속을 관찰하기만 하는 것은 아닙니다. 그는 관찰자답게 도시의 세태 풍속에 대하여 거리를 두고 있습니다. 그러면서 자신의 눈에 비친 세태 풍속에 대하여 불편한 속마음을 내비치고 있는 것이죠. 그는 당시를 '황금광 시대'라고 말하면서, 당시의 도시 사람들의 삶이 물질적 욕망의 대상인 돈에 의해 지배당하고 있다고 비판합니다. 그가 이런 물질적 욕망에 사로잡힌 세태 풍속에 비판적 거리를 둘 수 있는 것은, 고독을 두려워하면서도 '고독이 빚어 낸 사상'을 즐기는 그의 성격과 깊은 관련이 있습니다.

구보는 보통 사람들이 누리는 일상의 삶과는 철저히 고립된 생활을 하고 있습니다. 그가 신경쇠약을 비롯하여 온갖 육체적·정신적 질병을 앓고 있는 것도 이 때문이죠. 그래서 그는 거리를 배회하다 일상의 사람들이 누리는 행복한 모습(예컨대 백화점 승강기 앞에서 보게 된, 너덧 살 되어 보이는 아이를 둔 젊은 내외의 가정)을 보고는 자신이 고독하다는 것을 느끼고, 그로부터 벗어나 자신도 행복을 찾고 싶어 합니다. 벗이 그리워 그를 찾아간다든지, 친구에 대한 의리 때문에 실패한 연애를 회상한다든지 하는 행동은 고독으로부터 벗어나고 싶어 하는 그의 성격을 잘 나타내 줍니다.

이처럼 일상의 사람들이 누리는 소소한 행복이 구보에게 고독을 느끼게 하는 것은 사실이지만, 그런 것에서 진정한 행복을 찾을 수는 없습니다. '황금광 시대'라는 말이 의미하듯이, 구보는 자신이 발 딛고 서 있는 현실이 이미 병들어 있다는 것을 깨닫고 있기 때문입니다. 그래서 그는 오히려 '고독이 빚어낸 사상'을 즐김으로써 고립과 고독을 넘어서 '참 좋은 소설'을 쓰는 자기 나름의 진정한 행복을 찾고자 합니다. 그런 만큼 구보는 자신이 발 딛고 서 있는 현실과 자신의 삶을 끊임없이 반성함으로써 소설가로서의 자기 정체성을 찾고자 하는 인물이라 할 수 있습니다.

어머니

구보의 어머니는 일본 유학까지 다녀온 자식이 안정된 직업도 없고 결혼도 하지 않는 것을 매우 안타까워하고 있습니다. 구보가 결혼하고 어엿한 직장을 가져 평범한 삶을 살기를 바라고 있는 것이죠. 그러나 사실 구보의 어머니는 구보를 매우 자랑스럽게 생각하고 있습니다. 이따금 구보가 원고를 써서 받은 돈을 주면 행복한 마음으로 옷을 해 입고, 주변 사람들에게 자식 자랑을 하는 것은 아들에 대한 이런 어머니의 마음을 잘 보여 줍니다. 자식에 대한 지극한 사랑은 우리네 전통적인 어머니들에게서 쉽게 찾아볼 수 있는 공통점이죠.

● 작품 Q&A

"선생님, 궁금해요!"

Q 이 작품의 시간적, 공간적 배경에 대해 설명해 주세요.

A 이 작품은 소설가 구보가 정오 무렵 외출하여 도시 거리 이곳저곳을 돌아다니다 새벽 두 시 경 다시 집으로 돌아오기까지의 과정을 그리고 있습니다. 어느 해, 어느 날에 이루어진 외출인지는 알 수 없지만, 도시 이곳저곳을 돌아다니는 구보의 행보와 함께 제시되고 있는 여러 건축물들의 명칭이나 지명을 통해 이 작품의 시간적·공간적 배경을 어렵지 않게 짐작할 수 있습니다.

작품 속에서 구보의 행보를 따라가 보면 화신상회, 경성 운동장, 조선은행, 부청(府廳), 대한문, 경성역, 종로 경찰서, 도청, 체신국, 조선 호텔, 총독부 병원 등 여러 건축물들의 명칭이 제시되고 있습니다. 이뿐만 아니라 황금정, 약초정, 남대문통, 종로, 장곡천 등의 구체적인 지명도 제시되어 있습니다. 이런 건축물들의 이름이나 지명 등에서 알 수 있듯이, 이 작품은 일제 강점기 우리나라의 수도 경성(현재 서울)을 공간적 배경으로 하고 있습니다.

또한 이 작품은 「조선중앙일보」에 1934년 8월 1일부터 9월 19일까지 연재되었습니다. 이러한 작품 발표 시기를 참고로 이 작품의 시간적 배경을 좀 더 구체적으로 말씀드리자면 1930년대 중반이라고 할 수 있겠네요. 참고로, 이 작품에서 주목할 점은 작품의 주인공 이름인 '구보'가 작가 박태원의 여러 개의 호(號) 가운데 하나라는 사실입니다. 이는 이 작품이 어느 정도 작가 자신의 자전적인 성격을 갖고 있다는 것을 말해 줍니다.

Q 이 작품 속 문장에는 쉼표가 많이 사용되고 있는데요, 그래서 그런지 잘 안 읽히기도 하고 낯설어 보이기도 합니다. 작가는 왜 그렇게 쉼표를 많이 사용한 건가요?

A 이 작품 속 문장은 여느 작품의 문장과 달리 매우 낯설게 느껴질 겁니다. 이는 특히 쉼표를 많이 써서 문장이 매우 복잡하기 때문입니다.

작가는 의식적으로 이런 문장을 썼습니다. 이 작품에 나타난 독특한 문장은 '의식의 흐름 기법'과 밀접한 관련이 있습니다. 박태원은 '표현·묘사·기교'라는 글에서 〈소설가 구보 씨의 일일〉을 예로 들면서 '의식의 흐름'에 대하여 흥미를 갖고 그것을 시험했다고 말하고 있습니다. 그러니까 이 작품의 문장을 이해하려면, '의식의 흐름 기법'이 무엇인지, 그리고 그것이 작품 속에 어떻게 나타나고 있는지를 파악할 필요가 있습니다.

'의식의 흐름 기법'은 이 작품에도 나오는 제임스 조이스와 같은 20세기 초반 서구의 모더니즘 작가들에 의해서 새롭게 만들어진 서술 방법의 하나입니다. 그것은 개인의 의식에 감각·상념·기억·연상 등이 계속적으로 흐르는 것을 그대로 포착하여 기술하는 방법을 말합니다. 이처럼 순간순간 떠오르는 인상, 즉 생각의 조각들을 표현하기 위해 작가는 여러 표현 기법을 동원해야 하는데, 이 작품에서 빈번하게 사용되고 있는 쉼표가 그런 역할을 합니다. 즉, 이 작품에서 쉼표는 생각의 조각들이 일관성 없게 이어졌다 끊어지는 것을 나타내는 기능을 하는 것입니다. 이 작품이 '의식의 흐름 기법'을 사용했다는 것은 이러한 맥락에서 이해할 수 있습니다. 그러니까 문장에 빈번하게 사용되는 쉼표는 구보의 의식에서 일어나는 생각의 조각들을 있는 그대로 나열하기 위한 장치인 셈이죠.

자, 그럼 '의식의 흐름 기법'이 어떻게 나타나는지 구체적인 예를 통해 살펴볼까요.

> (a) 광화문통, 그 멋없이 넓고 또 쓸쓸한 길을 아무렇게나 걸어가며, 문득, 자기는, 혹은, 위선자나 아니었었나 하고, 구보는 생각하여 본다.
> (b) 그것은 역시 자기의 약한 기질에 근원할 게다. 아아, 온갖 악은 인성(人性)의 약함에서, 그리고 온갖 불행이⋯⋯.

위의 두 예문은 이 작품의 22절 '광화문통'의 시작 부분입니다. 우선 (a)에는 한 문장 안에 무려 여섯 개의 쉼표가 있어요. 이 문장은 문장 끝부분의 '~하고, 구보는 생각하여 본다.'를 볼 때, 서술자의 말이라 볼 수 있습니다. 그러나 부분적으로 구보의 생각이 쉼표와 쉼표 사이에 위치해 생각의 단위를 구분해 놓고 있기도 하죠. 사람의 머릿속에 들어 있는 생각들을 쉼표를 사용하여 표현한 것입니다. 이러한 표현은 '의식의 흐름'을 제시하기 위한 것이라 할 수 있습니다.

(b) 또한 일반적인 소설의 문장과는 다른 새로운 점을 보여줍니다. 보통 소설의 문장은 이야기를 전달하는 위치에 있는 서술자의 말과 인물의 생각을 구분하는 것이 일반적입니다. 그러나 (b)의 경

우, 서술자의 말과 작중 인물인 구보의 의식에 떠오른 생각이 문장 부호에 의한 구별이 없이 서로 뒤섞여 있습니다. '그것은 ~ 근원할 게다.'란 문장은 서술자에 의해 이야기되고 있는 부분입니다. 그런데 '아아, 온갖 악은 인성(人性)의 약함에서, 그리고 온갖 불행이…….'라는 문장은 구보의 의식에 떠오른 생각을 그대로 옮긴 부분입니다. 소설에서 작중 인물의 생각을 나타낼 때는 작은따옴표(' ')를 사용하는 것이 일반적인데, 여기서 작가는 그렇게 하질 않았죠. 이는 그렇게 표현하지 않는 것이 '의식의 흐름'을 자연스럽게 드러내는 데 좋다고 보았기 때문입니다.

Q 이 작품에서는 이렇다 할 만한 사건이 전개되고 있지 않습니다. 그저 주인공인 구보가 하루 종일 경성 거리를 배회하면서 관찰한 모습과 그의 심리가 서술되고 있는데요, 이런 방식으로 작품을 쓴 특별한 이유라도 있는 건가요?

A 이 작품은 일반적인 소설들과 다른 이야기 구성 방식을 취하고 있습니다. 일반적인 소설은 인물들 간의 갈등을 중심으로 일정한 시간의 흐름을 따라 사건이 전개되는 방식으로 구성됩니다. 또한 우리는 그러한 구성 방식에 익숙해져 있습니다. 그러나 이 작품은 서사 구조가 중심인 다른 소설들과는 달리 특별한 사건 없이 인물의 의식을 중심으로 구성되어 있습니다.

즉, 이 작품은 주인공인 구보가 경성의 거리를 배회하면서 그때그때 머릿속에 떠오른 생각의 조각들을 드러내 보여 주는 데 이야기의 초점을 맞추고 있습니다. 구보의 의식 속에 떠오른 생각의 조각들을 서로 엮어 주면서 이야기를 이끌어 나가는 구실을 하는 것이 바로 그의 행보입니다. 이러한 구성 방식은 사건을 중심으로 전개되는 전통적인 이야기 방식에 익숙했던 당시의 독자들에게는 매우 낯설고도 새로운 것이었습니다. 이 작품을 모더니즘(modernism : 사상, 형식, 문체 따위가 전통적인 기반에서 급진적으로 벗어나려는 창작 태도) 계열의 작품으로 분류하는 것도 이와 같은 새로움 때문입니다.

작가 박태원이 이처럼 새로운 방식으로 작품을 쓴 데에는 그 나름의 특별한 이유가 있습니다. 이른바 '고현학'이라는 독특한 창작 방법 때문이죠. '고현학'이란, '현대'를 뜻하는 '모던(modern)'과 '고고학'을 뜻하는 '아키올로지(archeology)'의 합성어 '모더놀로지(modernology)'를 뜻합니다. 따라서 '모더놀로지'는 변화가 많은 현대의 세태 풍속을 조사·기록하여 장래의 발전을 위한 자료를 제공하는 학문이라 정의할 수 있습니다. 바로 이러한 학문의 방법론이 소설에 적용되어 창작된 작품을 '세태 소설'이라 합니다. 〈소설가 구보 씨의 일일〉은 이러한 고현학의 방법론이 구현되어 가는 과정을 보여 주는 작품입니다. "구보는 포도 위에 서서, 문득, 자기도 창작을 위하여 어디, 예(例)하면 서소문정(西小門町) 방면이라도 답사할까 생각한다. '모더놀로지'를 게을리하기 이미 오래다."라는 구절은 이와 같은 작품의 특징을 잘 말해 주고 있습니다.

Q 이 작품이 '고현학'이 구현되는 과정을 보여 주는 작품이라 하셨는데요, 그렇다면 '고현학'의 방법이 작품에 어떻게 드러나는지 좀 더 구체적으로 설명해 주세요.

A 앞서 이 작품은 소설가 구보가 집을 나와 경성 이곳저곳을 돌아다니다 한밤중에 다시 집으로 돌아오기까지의 과정을 다루고 있다고 했습니다. 그가 외출을 하는 것은 물론 창작을 하기 위해서죠. 구보가 대학 노트를 들고 집을 나선다는 것, 길을 걷다가 '포도' 위에 서서 자신이 오랫동안 '모더놀로지'를 게을리했다는 사실을 떠올리며 '창작을 위하여' 경성 시내를 '답사'할 결심을 하는 것 등은 구보가 외출을 한 목적이 소설 창작에 있다는 것을 말해 줍니다. 이렇게 볼 때, 집을 나선 뒤 경성 시내 이곳저곳을 돌아다니다가 집으로 돌아오기까지 보여 준 구보의 행적을 기록하는 것이 작가 박태원이 이 작품에서 구현하고자 한 고현학의 방법이라고 할 수 있습니다.

그렇다면 집을 나선 뒤 이루어지는 구보의 행적을 살핌으로써 이 작품에 구현된 고현학의 구체적인 방법을 파악할 수 있을 겁니다.

구보의 행적은 '집 → 천변 길 → 광교 → 종로 네거리 → 화신상회(백화점) → 【(전차로 이동) 종묘 → 동대문 → 경성 운동장 → 훈련원 터 → 약초정】 → 조선은행 앞 → 장곡천정(長谷川町) → 다방 → (경성) 부청 앞 → 대한문 → 골동점 → 남대문 → 경성역 → 조선은행 앞 → 장곡천정 길 양복점 → 다방 → 종로 네거리 → 종로 경찰서 → 다료 → 대창옥(大昌屋) → 황토마루 네거리 → 광화문통 → 다방 → 조선 호텔 앞 → 경성 우편국 → 황금정(黃金町) → 낙원정(樂園町)의 어느 카페 → 종로 네거리 → 집'의 순으로 이어지고 있습니다.

이 작품은 이런 구보의 행보를 따라 경성의 여러 행정 구역의 명칭과 거리 이름, 교통수단 및 여러 기념비적인 건축물 등을 제시하면서 도시 경성의 지리적 풍경을 상세하게 보여 주고 있습니다.

그런데 이러한 구보의 행보 과정에서 주목해야 할 점은 그가 수많은 사람들과 맞닥뜨리게 된다는 사실입니다. 실제로 구보는 백화점 승강기를 기다리며 너덧 살의 아이를 데리고 있는 젊은 내외, 안전지대에서 전차를 기다리는 군중들, 전차 안에서 우연히 마주친 과거에 선을 보았던 여인, 두 무릎 사이에 양산을 끼고 앉은 젊은 여자, 노파, 중년의 시골 사내, 병든 노동자 등 경성역 삼등 대합실의 군중 및 개찰구에 서 있는 무직자, 끽다점에서 본 교양 없는 전당포집 둘째 아들, 구두닦이, 시인이자 신문사 사회부 기자인 벗 등을 보게 되고 그들을 관찰합니다. 이뿐만이 아닙니다. 황혼의 어둠과 더불어 종로 네거리에 나온 '노는계집'들의 무리, 무지하고 방약무인한 선배인 생명 보험 회사 외교원, 생활의 어려움을 겪고 있는 듯 보이는 소복 차림의 아낙네, 카페 여급 등과도 마주합니다.

이처럼 구보는 하루 동안 수많은 도시 사람들의 삶의 모습을 관찰하기도 하고, 경우에 따라서는 그들과 만나 어울리기도 합니다. 그리고 나서 그는 '나의 생활'인 참말 좋은 소설 쓰기를 다짐하며 자신을 걱정하고 있을 어머니가 계신 집으로 돌아갑니다.

이와 같이 구보는 경성 이곳저곳을 돌아다니면서 기념비적 건축물과 교통수단 및 도로의 연결망 등이 상징하는 현대적인 도시 경성에서 다양한 부류의 사람들이 그날그날의 삶을 살아가는 일상적인 삶의 모습을 관찰자의 시선으로 비추어 내고 있습니다. 바로 이러한 구보의 행적을 통해 변화가 격심한 현대의 세태 풍속을 조사 · 기록하는 학문인 '고현학'의 방법이 구현되고 있다고 할 수 있는 것입니다.

Q 고현학이 현대의 세태 풍속을 조사·기록하는 학문이라고 하셨는데요, 그렇다면 구보가 고현학의 방법을 구현하는 과정에서 나타난 당시의 세태 풍속에 대해 설명해 주세요.

A 이 작품에서 구보가 바라본 당시의 세태는 '황금광 시대'라는 말로 압축할 수 있습니다. 즉, '황금광 시대'라는 말은 당시 경성의 세태 풍속을 단적으로 나타내 주는 말입니다. 일반적으로 '황금'은 세속적인 부의 상징이자 돈의 가치를 나타내는 척도의 의미를 갖고 있습니다. 그런 점에서 '황금'은 세속의 사람들이 추구하는 물질적 욕망의 대상을 상징합니다.

1930년대는 일제의 침략에 필요한 자금 조달용으로 일제의 장려 속에 금광 채굴이 급격히 성행했던 시대입니다. 따라서 당시 사람들은 일확천금을 바라고 너도 나도 금을 캐기 위해 금광 사업에 뛰어들었습니다. 구보가 당시를 '황금광 시대'라고 규정한 것은, 그가 세속적인 욕망에 사로잡힌 물질 만능주의의 세태를 비판적으로 인식하고 있다는 것을 말해 줍니다.

실제 구보는 시인이나 평론가와 같은 문인들조차도 황금 열에 편승하고 있다고 말할 정도로 '황금광 시대'로 대변되는 당시의 세태를 곱지 않은 시선으로 보고 있습니다. 구보의 눈에 이런 물질 만능주의 세태가 사람들의 탐욕과 성적 쾌락을 부추기는 것으로 보이기 때문입니다. 구보가 경성 거리를 배회하면서 맞닥뜨린 사람들 가운데 물질 만능주의 세태가 낳은 성적 쾌락과 물질적 욕망에 사로잡힌 채 살아가는 사람들이 많다는 것이 이를 말해 줍니다. 중학 시절의 열등생 친구, 생명 보험 회사의 외교원 사내, 여자를 동반하고 한 개의 '인단 용기'와 '로도 목약'을 가진 것을 여자에게 철없이 자랑하는 다료점의 청년, 해가 질 무렵 도시의 거리로 쏟아져 나온 '노는계집'의 무리 등은 구보의 눈에 모두 성적 쾌락과 탐욕에 사로잡힌 속물적인 인간들로 비칩니다.

특히 구보가 경성역 개찰구 앞에서 만난 구보의 중학 시절 열등생 친구는 물질 만능주의가 낳은 당시의 부정적인 세태를 여실히 보여 주는 전형적인 인물입니다. 전당포집 둘째 아들로 태어나 금광 브로커가 된 그는 철저하게 황금이 상징하는 물질적인 욕망을 쫓는 인물로 그려지고 있습니다. 교양머리 없는 말투, 근대적인 소비 상품을 나타내는 끽다점의 '가루삐스'와 '아이스크림'에 매혹되는 모습, 금시계를 과시하는 모습 등은 그가 얼마나 물질적인 욕망에 사로잡혀 있는지를 잘 말해 주죠. 또한 그는 여자를 동반하고 하루를 묵을 계획으로 월미도로 놀러가 성적 쾌락에 탐닉하는 인물로 구보의 눈에 비쳐집니다. 구보는 그와 그의 애인을 보고 "남자는 여자의 육체를 즐기고, 여자는 남자의 황금을 소비하고, 그리고 두 사람은 충분히 행복일 수 있을 게다."라고 생각합니다. '행복'이나 '연애'조차도 돈으로 거래될 수 있다는 것이죠. 이는 곧 성적 쾌락을 위해서는 여성의 몸과 마음도 얼마든지 돈으로 살 수 있는 상품이 되었다는 것을 뜻합니다. 이 또한 이 작품이 보여 주고 있는 물질 만능주의 세태의 또 다른 부정적 모습입니다.

Q 그렇다면 고현학의 방법을 구현해 가는 구보의 행보를 통해서 작가가 말하고자 하는 것은 무엇인가요?

A 이 작품은 구보의 눈을 통해 현대적인 도시 경성의 다채로운 변화 양상을 보여 주고 있을 뿐만 아니라, 당시 경성에 널리 퍼져 있는 물질 만능주의 세태를 비판적으로 그려 내고 있습니다. 그런데 이 작품에서 또 한 가지 주목해 보아야 할 점이 있습니다.

식민지 수도 경성의 이곳저곳을 돌아다니는 구보의 의식에 '행복'이란 말이 빈번히 나오고 있다는 사실입니다. 이런 사실은 구보가 도시 경성의 세태 풍속을 관찰하면서 진정한 '행복'을 찾고자 한다는 것을 말해 줍니다. 그는 자신의 눈에 비친 사람들의 삶이 과연 행복한지 끊임없이 성찰하지요. 그런 점에서 소설가 구보의 행보는 진정한 '행복'을 찾는 여정이라고 할 수 있습니다.

구보가 거리에서 마주친 사람들의 삶을 관찰하면서 성찰하는 행복은 가정, 결혼(여성), 연애, 돈과 관련되어 있습니다. 백화점에 아이를 동반하고 나온 젊은 부부, 중학 열등생 친구가 과시하는 돈, 문학 소년 시절 결혼을 꿈꾸었던 친구 누이, 과거 친구와의 의리 때문에 헤어진 일본 여자와의 사랑 등을 관찰하거나 떠올리면서 구보는 과연 가정이나 결혼, 연애, 돈과 같은 것들이 행복의 조건일 수 있는지를 생각합니다. 물론 구보는 '황금광 시대'를 비판적으로 바라보고 있기에, 돈이나 돈으로 산 연애 따위는 행복을 줄 수 없다고 생각합니다.

그러나 구보는 결혼이나 가정이 주는 일상의 소소한 생활에서는 행복을 가질 수 있다고 생각합니다. 그리고 이따금 그와 같은 일상

생활이 주는 행복을 꿈꾸기도 합니다. 이런 일상적인 삶으로부터 스스로를 철저히 고립시켜 고독한 생활을 하고 있기 때문입니다. 그러니까 구보가 결혼이나 가정을 행복의 조건이 될 수 있다고 생각하는 것은 고독감이 주는 두려움에서 비롯된 것이라 할 수 있습니다. 벗을 찾아간다든지, 감정에 솔직하지 못했던 과거의 연애를 회상한다든지 하는 그의 행동도 모두 고독에 대한 두려움 때문이라 할 수 있습니다.

그러나 다른 한편으로 구보는 '고독이 빚어내는 사상'을 즐기고자 합니다. 이런 그의 행동은 그가 경성 거리에서 관찰한 수많은 사람들의 일상적인 삶과 자신의 삶을 구별 짓고, 소설가·예술가로서의 자기 정체성을 일깨우는 역할을 합니다. 구보는 소외되고 고립된 생활에서 오는 고독을 두려워하기 때문에 불안과 외로움을 느끼지만, '고독이 빚어내는 사상'을 즐기려는 그의 태도는 고립된 상태로부터 벗어나 남들과 서로 관계를 맺게 하는 이유가 됩니다. 즉, 그가 물질 만능주의 세태에 찌들어 병든 삶을 살아가는 사람들로부터 자신을 고립시키면서도, 시인인 친구를 찾기도 하고, 소설가 제임스 조이스와 시인 사토 하루오(佐藤春夫)를 떠올리는 것은 바로 '고독이 빚어내는 사상'을 즐기려는 구보의 태도에서 비롯된 행위입니다. 이런 그의 행동은 소설가로서 자신이 발 딛고 서 있는 병든 세태를 비판하고 진정한 '행복'이 무엇인지를 성찰하게 하는 고리가 됩니다.

결국 구보는 작품의 마지막에 가서 '생활'을 가져야겠다는 다짐을 하면서 자신을 걱정하는 어머니가 계신 집으로 발길을 돌립니다. 여기에서 구보가 말하는 '생활'이란, 곧 소설가로서 좋은 작품을 쓰는 것이라 할 수 있죠. 그것이 그에게는 진정한 행복이라 할 수 있습니다. 이렇게 볼 때, 구보가 도시의 이러저러한 세태 풍속을 관찰하면서 '행복'이란 말을 중심으로 드러내는 그의 의식의 조각들은 구보가 소설가로서 자기의 정체성을 확인하는 과정을 보여 주는 것이라 할 수 있습니다. 소설가 구보의 경성 산책이 진정한 '행복'을 찾아가기 위한 여정이라 한 것은 이런 맥락에서입니다.

✤ 더 읽어 봅시다 ✤

월남한 실향민 소설가 구보의 하루를 다룬 작품
최인훈, 〈소설가 구보 씨의 일일〉 _박태원의 〈소설가 구보 씨의 일일〉을 패러디한 작품으로, 1960년대 후반의 어둡고 암울한 시대를 살아가며 자신이 할 수 있는 일이라고는 헐벗은 느릅나무가 묵묵히 찬 겨울바람을 견디듯 시대를 견디며 살아가는 길밖에는 없다는, 월남한 지식인 소설가 구보의 자의식을 그리고 있다.

작가의 개인적 경험이 바탕이 되어 쓰여진 자전적인 작품
신경숙, 〈외딴 방〉 _소설가 '나'가 열여섯 살에 고향 집을 떠나 스무 살까지 공장 일을 하면서 고등학교에 다녔던 시기를 회상의 수법으로 서술한 작품이다. 쉼표, 말줄임표 등을 빈번히 이용한 문체로 과거와 현재를 넘나드는 '나'의 내면을 진솔하게 그려 내고 있다.

성탄제(聖誕祭)

　이 작품은 가난으로 인해 몸을 팔 수밖에 없는 불행한 두 자매의 갈등을 그리고 있습니다. 가족의 생계를 위해 카페 여급 일을 하는 언니와 이를 부끄럽게 여기고 비난하는 동생의 갈등이 그것이죠. 그러나 언니를 비난하던 동생도 결국 언니와 똑같은 길을 걷게 됩니다. 갈등 관계에 있던 이들 자매가 종국에는 왜 같은 길을 걷게 되는 것일까요? 작품을 읽으며 그 이유를 생각해 봅시다.

성탄제(聖誕祭) 성탄절. 12월 24일부터 1월 6일까지 예수의 탄생을 축하하는 명절. 우리나라에서는 12월 25일을 공휴일로 하고 있다.

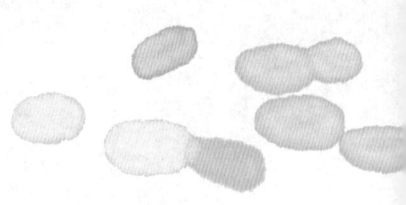

'흥! 너두 별수가 없었던 모양이로구나? 그러게 내 뭐라던? 내남직할 것 없이 입찬소리란 못 하는 법이다…….'

흥! 하고 또 한 번 코웃음을 치고, 문득 고개를 들자, 그곳 머리맡 벽에 가 걸려 있는 십자가가 눈에 띈다. 영이는 입을 한 번 실룩거리고 중얼거렸다.

"이 거룩한 밤에 주여! 바라옵건댄 길을 잃은 양들에게도 안식을 주옵소서. 아멘……. 흥?"

이렇게 기도를 드려 두면 순이도 꿈자리가 사납다거나 그런 일은 없을 게다…….

'흥!'

별수(別-) 달리 어떻게 할 방법.
✿ 내남직할 것 없이 내남없이. 나와 다른 사람이나 모두 마찬가지로.
입찬소리 입찬말. 자기의 지위나 능력을 믿고 지나치게 장담하는 말.
안식(安息) 편히 쉼.

1

 영이와 순이 — 이 두 형제는 사이가 좋지 못했다. 그야 나이가 네 살이나 그밖에 틀리지 않는 계집애 형제란, 흔히 사이가 좋을 수는 없다. 그러나 영이 형제는 그저 그만한 정도로 사이가 나쁜 것이 아니다.

 순이는, 우선, 제 형 영이의 직업이 불쾌하여 견딜 수 없었다.

 여점원이라든, 여자 사무원이라든, 그러한 것이야, 사실, 자기 말마따나 워낙이 배운 것이 없으니까 될 수 없다고도 하여 두자. 누가 꼭 그런 것이라야 된다고 주장하는 것은 아니다.

 하지만, 그러면 또 그런 대로, 건넛집 정옥이같이 제사 공장˙에를 다닌다는 수도 있다. 이웃집 점례 모양으로 방적 회사˙ 여직공˙으로 다닌다는 수도 있다. 그렇지 않으면, 솜틀집˙ 작은딸과 함께 전매국 공장˙에를 다닌대도 좋다. 참말, 다닐 데가 좀 많으냐? 이 밖에도 하려고만 들면, 영이로서 할 수 있는 일거리란 얼마든지 있을 것이다. 그리고 그것들은 가난한 집안에 태어난

제사 공장(製絲工場) 고치나 솜 따위로 실을 만드는 공장.
방적 회사(紡績會社) 동식물의 섬유나 화학 섬유를 가공하여 실을 뽑는 회사.
여직공(女職工) 공장에서 일하는 여자.
솜틀집 솜 타는 일을 업으로 하는 집.
전매국 공장(專賣局工場) 담배를 생산하는 공장. 조선총독부 전매국(朝鮮總督府專賣局)은 일제 강점기 조선에 설치된 조선총독부 소속의 관청으로 담배, 소금, 인삼, 아편, 마약(모르핀)류를 독점으로 판매하는 일을 관장하였다. 여기에서의 '전매국 공장'은 '조선총독부 전매국(朝鮮總督府專賣局)'에서 직접 관리 운영하는 담배 생산 공장으로 당시 경성의 의주로에 있었다.

성탄제

딸들이 종사하더라도 결코 흉 될 것은 없는 직업들이다…….

하건만, 어째 하필 고르디골라 카페의 여급이 됐더란 말이냐?

술 냄새, 담배 연기 속에서 밤마다 바로 제 세상이나 만난 듯이 웃고, 재깔이고, 소리를 하고…… 뭇 사내들과 함께 어우러져 갖은 음란한 수작…… 어디 그뿐이더냐? 이 사내 무릎에도 앉아 보고, 저놈과 입도 맞추어 보고…….

잠깐 생각만 하여 볼 뿐으로 순이가 더러워서 구역이 날, 그 여급이란 직업을 대체 어떠한 생각으로 영이는 택하였던 것인지, 암만을 궁리하여 본댔자, 알아낸다는 도리가 없었다.

그러나 그것도 이미 이제 이르러서는 달리 일자리를 갈아 본다는 것도 수월치 않은 일이요, 또 자기 말마따나 그밖에는 몇 푼이나마 돈을 벌어들일 재간이 달리 없는 것이라면, 그대로 푸른 등불 아래 웃음을 판다는 것도 또한 어찌할 수 없는 일이라고 하여 두자.

하지만, 참말 고렇게도 소견이 없고 무식하고 또 얌체머리

여급(女給) 카페나 다방, 음식점 따위에서 손님의 시중을 드는 여자.
재깔이다 나직한 소리로 약간 떠들썩하게 이야기하다.
음란하다(淫亂--) 음탕하고 난잡하다.
수작(酬酌) 1. 술잔을 서로 주고받음. 2. 서로 말을 주고받음. 또는 그 말. 여기에서는 2의 의미로 쓰임.
암만 아무리.
궁리하다(窮理--) 마음속으로 이리저리 따져 깊이 생각하다.
재간(才幹) 어떠한 수단이나 방도(方途).
소견(所見) 어떤 일이나 사물을 살펴보고 가지게 되는 생각이나 의견.

없는 여자도 드물 게다.

"흥! 어느 옘병을 허다가 거꾸러질 년이 그래 지가 주와서 여급 노릇을 허겠니? 다아 집안 사정이 헐 수 할 수 없어서 그러는 게지. 그래 제 동기간에두 욕을 먹어 가며, 천대를 받어 가며 어느 개딸년이……."

툭하면 영이가 한다는 소리가 이 소리다. 대체, '개딸년'이란 뭐고, '옘병을 허다가 거꾸러질 년'이란 뭣이냐? 그러나, 그것도 다 배우지 못하고, 천하게 놀아먹어 그러한 것이라면 깊이 탄할 것도 못 된다. 하지만, 그래 저나 남에게 천대를 받고 욕을 먹고 하였으면 그만이지, 어째서 애매한 나까지 체면을 깎이게 하느냐 말이다.

어머니가 동네 집으로 돌아다니며 품을 파는 것은 그만두고라도, 우선, 집안이 군색한 꼴을 남 뵈기 싫어, 그래, 순이는 언제 한번 학교 동무를 집 앞까지라도 끌고 온 일조차 없는 것을,

---

얌체머리없다 얌치없다. 얌치를 아는 마음이 없다.
 얌치 마음이 깨끗하여 부끄러움을 아는 태도.
✤ 옘병을 허다가 거꾸러질 년 '옘병'은 '장티푸스'를 속되게 이르는 '염병'으로, '옘병을 하다'는 '염병을 앓다'라는 뜻이다. 따라서 여기에서의 '옘병을 하다가 거꾸러질 년'은 '염병을 앓다가 죽을 년'이라는 뜻으로, 매우 못마땅한 사람에게 욕으로 하는 말이다.
동기간(同氣間) 형제자매 사이.
천대(賤待) 업신여기어 천하게 대우하거나 푸대접함.
개딸년 행실이 나쁘거나 매우 못된 여자를 낮잡아 이르는 말.
탄하다 남의 말을 낮추어 나무라다.
애매하다 아무 잘못 없이 꾸중을 듣거나 벌을 받아 억울하다.
✤ 품을 파는 '품'은 '품삯(돈)'을 받고 하는 일'로, '품을 팔다'는 '품삯을 받고 일을 한다'는 뜻이다.
군색하다(窘塞--) 필요한 것이 없거나 모자라서 딱하고 옹색하다.

요 소갈머리 없는 여자는 어째서 운동횟날, 그, 사람 많이 모인 틈으로 구경을 왔느냐 말이다.

그것도 국으로 한곳에 가만히 앉아서 구경이나 하면 하였지, 어째서 사람 틈을 비집고 돌아다니며,

"이 학년, 김순이 어딨는지 모르세요? 김순이요. 이 학년 송조 생도요."

대체 만나는 학생마다 그러고 물어,

"얘얘, 순이 언니 온 것, 너 봤니?"

"응. 얘얘, 아주 하이칼라더라."

"아마, 그냥 부인넨 아닌가 보지?"

"그냥 부인네가 뭐냐, 얘애? 껄이야 꺼얼, 카페 꺼얼······."

그래, 그러한 좋지 못한 소문이란 삽시간에 퍼지는 것이어서, 다음 날부터는 얼굴 하나 변변히 들고 다닐 수 없게시리, 그렇게 남의 모양을 흉하게 만들어 놓을 것은 무엇이냐 말이다······.

소갈머리 마음이나 속생각을 낮잡아 이르는 말.
국으로 제 생긴 그대로. 또는 자기 주제에 맞게.
송조(松組) 문맥상 학년을 학급으로 나눈 단위의 하나로, '송반(松班) 또는 소나무반'을 가리키는 것으로 보임.
생도(生徒) 중등학교 이하의 학생을 이르던 말.
하이칼라 예전에, 서양식 유행을 따르던 멋쟁이를 이르던 말.
껄 '걸(girl)'을 속되게 표현한 것.
삽시간(霎時間) 매우 짧은 시간.

2

그러면, 물론, 영이라고 그 말을 가만히 듣고만 있지는 않는다. 말을 하자면, 오히려 영이 쪽이 할 말은 더 많을지도 모른다.

딴은˙ 운동회에 구경을 간 것은 내가 잘못일지도 모른다. 하지만, 그러한 장한˙ 구경에는 동네 사람들까지도 흔히 따라나서는 게 아니냐. 친동기간에, 제 동생이 운동회에 나간다는데 형 된 사람으로서 가 보고 싶을 것은 인정에 당연한 일이다.

그러나 물론 나는 네 말마따나 여급 노릇이나 하고 있는 그런 천한 계집년이다. 바로 양반댁 규수˙ 아씨로 너를 알고 있는 학교에서 내 소문이라도 난다면 네 체면이 안 될 것은 나도 생각을 했다. 그러기에 바로 여염집˙ 부인네같이 차려 보느라 반찬 가게 큰며느리한테서 긴 치마까지 빌려 입고 갔던 게 아니냐?

너는 또 내가 한군데서만 가만히 앉아서 구경을 하지 않고 이리저리 너를 찾아다녔다고 그러지만, 너도 생각해 봐라, 어디 그때 사정이 그렇게 되었느냐?

도보 경주에 너는 첨부터 첫째로 뛰어가다가 결승점 앞까지

딴은 남의 행위나 말을 긍정하여 그럴 듯도 하다는 뜻을 나타내는 말.
장하다(壯--) 크고 성대하다.
규수(閨秀) 남의 집 처녀를 정중하게 이르는 말.
여염집(閭閻-) 일반 백성의 살림집.

가서는 공교롭게도 엎드러지질 않았니? 어딜 몹시 다쳤는지, 금방은 넘어진 채 그대로 일어나지도 못하는 것을 남 선생님 한 분과 상급생 둘이서 달려들어 일으켜 가지고는, 사무실 쪽으로 데리고 가더구나. 그러고는 아무리 기다려 보아도 네 모양은 다시 볼 수가 없으니, 그래 대체 어디를 얼마나 다쳤는지, 혹 뼈라도 상한 거나 아닌지, 형 된 마음에 어쨰 놀라고 근심이 안 되겠니? 그걸 네가 너 하나 생각만 하고서 그렇게 말하는 것은 옳지 못하다.

그래 너는 그까짓 남의 모양만 흉하게 만드는 형 같은 것은 없느니만도 못하다고 말했지? 대체 뭬 그리 좋아서 여급 노릇을 하는지, 그 속을 모르겠다고 그랬지? 옳은 말이다. 참말이지 너보다도 내가 몇 곱절 지긋지긋한지 모른다. 하지만 너도 그만 철은 날 나이니, 좀 사리를 캐서 생각을 해 봐라. 그래 내가 이나마 그만두고 말면, 집안이 어떻게 될 게냐?

늙으신 어머니가 아는 집을 찾아다니면서 일을 거들어 주시고, 그래 겨우 담뱃값이나 뜯어 쓰는 거야 말도 말고, 한때는 세월도 괜찮던 아버지 집주릅 벌이도, 요즘 와선 집 흥정이 통 없어, 잘해야 달에 모두 주워 모아 돈 십 원이 될까 말까 하니, 그

공교롭다(工巧--) 생각지 않았거나 뜻하지 않았던 사실이나 사건과 우연히 마주치게 된 것이 기이하다고 할 만하다.
사리(事理) 일의 이치.
집주릅 집을 사고파는 사람들 사이에 흥정을 붙이는 일을 직업으로 가진 사람.

것으론 집세도 못 낼 것쯤은, 아마 너도 짐작이 설 것이다.

그래 집안 꼴이 이런 중에 그래도 하루 삼시 밥이라 지어 먹고, 더구나 나는 학교라곤 보통학교에도 못 들어가 본 걸, 네가 그렇게 바로 거드럭거리고˙ 고등학교까지 다니는 게 그게 그래 뉘 덕인 줄 아느냐. 그렇다고 내가 뭐 너한테 고맙다고 사례˙ 한 마디라도 받자는 건 아니다. 하지만 그런 건 그만두고라도 형의 신세가 가엾고 딱하다고, 그러한 생각쯤은 하여 주어야 마땅할 게 아니냐? 그걸 너는 툭하면, 더러운 여자니, 천한 기집이니, 그렇게 함부로 욕하기가 일쑤니, 옳지, 옳지, 워낙이 고등교육을 받은 사람이란 저 밥 먹여 주고, 공부시켜 주고 한 사람의 은공˙은 몰라도 아무 상관이 없는 법이니라.

흥! 그래 아무리 어린애기로서니, 고런 년의 법이 어딨단 말이냐? 그래 내가 그렇게도 더러운 화냥년˙이라 하자. 그럼, 넌 왜 이 더러운 화냥년이 더러운 짓을 해서 벌어 온 돈으로, 날마다 밥은 먹는 게고, 옷은 입는 게고, 학곤 가는 게냐? 응? 그 더러운 돈으로 왜 그러는 게냐? 흥! 어디 네 대답 좀 들어 보자꾸나······.

아아니에요. 어머닌 글쎄 가만히 계세요. 그저 어린아이라고

거드럭거리다 거만스럽게 잘난 체하며 자꾸 버릇없이 굴다.
사례(謝禮) 말이나 행동, 선물 등으로 상대에게 고마운 뜻을 나타냄.
은공(恩功) 은혜와 공로를 아울러 이르는 말.
  공로(功勞) 일을 마치거나 목적을 이루는 데 들인 노력과 수고. 또는 일을 마치거나 그 목적을 이룬 결과로서의 공적.
화냥년 서방질을 하는 여자, 즉 자기 남편이 아닌 남자와 정을 통하는 여자를 비속하게 이르는 말.

가만 내버려 두니까, 바로 젠 듯싶어서 못할 말 없이……. 글쎄, 어머닌 잠자코 있으래도……. 무어, 내 입때˙ 참아 온 걸 오늘 새삼스레 탄하자는 것도 아녜요. 하지만 요런 깍쟁이년의 기집애도 그래 세상에 있수? 그래 남의 은공은 모르고 밤낮 욕을 하면 욕을 해도 그건 괜찮아요. 요건 고러다가도 제가 아쉬우면 '언니 언니' 하고 살살거리니깐 고게 보기 싫단 말예요.

그저께 저녁때도 점˙에 있으려니까, 누가 와서 찾는다기에 나가 봤더니, 글쎄 요 깍쟁이로구려. 그래 밤낮 천하니 더러우니 하던 카페에도 이 신성한 아씨가 나 같은 여자를 왜 일부러 찾아 왔나 했더니, 홍! 동무들하고 활동사진˙ 구경을 가게 됐으니, 돈 일 원만 곧 좀 달라는구려. 그리고 오늘은 제법 날이 추운데 외투도 없이 퍽 고생될 게라고, 언제 제가 내 생각을 하고 날 위해 주고 그랬다고, 바로 그런 소릴 다 하는구려. 홍! 고것도 다 내게서 일 원 한 장 뺏어 가려고, 고 여우 같은 생각에서 나온 말이지.

예이, 요 여우 같은 년! 구미호 같은 년! 난, 너같이 배운 건 없어도, 그래도 고렇게 심보˙가 악하진 않다. 인제도 또 내게 할 말이 있니? 요, 재리˙ 깍쟁이 같은 년아!

입때 여태.
점(店) 가게. 여기에서는 영이가 나가는 카페를 가리킴.
활동사진(活動寫眞) '영화'의 옛 용어. 움직이는 사진이라는 뜻으로, 무성영화와 같은 초기 영화를 오늘날의 영화에 상대하여 이르는 말로도 쓰인다.
 무성영화(無聲映畵) 인물의 대사, 음향 효과 따위의 소리가 없이 영상만으로 된 영화.
심보(心-) 마음을 쓰는 속 바탕.
재리 매우 인색한 사람을 낮잡아 이르는 말.

3

 홍! 왜 욕지거리 안 하곤 말을 못하나? 말끝마다 참말이지 누가 욕이야?

 그래 돈을 그렇게 잘 벌어서 부모 봉양 극진히 하고, 아우 공부까지 시켜 주니 참말 장하시군 장해서. 온 가만히 듣고 있으니까 별 아니꼰 소릴 다 하지. 그래 자기가 날 학교에 너 줬어? 학교 얘기가 났을 때, 대체 무슨 돈에 고등학교엔 보내느냐고 들입다 반댈 한 건 누구야? 그걸 다 어머니가, 그래도 그렇지 않다. 너는 공부를 못했지만 순이까지 못 시켜서야 어쩌니? 아아무렴 힘이야 들지. 들지만 어떡하든 고등학교 하나만 마쳐 노면 학교 교원을 다니더라도, 그 값어치는 벌어들일 게 아니냐? …… 그래 아버지가 돈을 변통해다 가까스로 입학을 시켜 주신 걸, 자기가 뭐 어쨌다고 큰소리를 하는 거야?

 홍! 걸핏하면 자기가 바로 우리들의 희생이나 된 것처럼 떠들어 버티지만, 그래, 참말 자기가 하기 싫은 노릇이면야 단 하루라도 할 까닭이 있나? 술 먹고, 남자들하고 희롱하고, 그러는 게 자기는 역시 재밌어서 그러는 게지 뭐야? 그렇지 뭐야? 그래

들입다 세차게 마구.
교원(敎員) 각급 학교에서 학생을 가르치는 사람을 통틀어 이르는 말.
변통(變通) 돈이나 물건 따위를 빌리거나 구하여 쓰다.
희롱하다(戱弄--) 서로 즐기며 놀리거나 놀다.

참말 맘에 없는 게면 왜 가끔 밤중에 부랑자는 집 안으로 끌어들이는 거야? 누가 언제 그런 짓까지 해서 돈을 벌어 달랬어?

순이의 독설이 여기까지 미치면, 영이의 분통은 끝끝내 터지고야 만다.

요년아. 네가 그예, 고걸 또 말을 하고야 말았구나? 왜 부랑잔 집 안으로 끌어들이는 거냐고? 누가 언제 그런 짓까지 해서 돈을 벌어 달랬느냐고?⋯⋯ 오오냐. 내 다 일러 주마. 이년아. 네가 그랬다. 바로 네가 그랬다. 나더러 그렇게라도 해서 월사금을 만들어 달라고 바로 네년이 그랬다. 카페에 여급질을 해 가지고 무슨 수로 네 식구 밥을 끓여 먹고, 옷을 해 입고, 그리고 네년의 학비까지 댄단 말이냐? 그래 몸이라도 팔밖에 무슨 수로 다달이 네년의 월사금을 만들어 준단 말이냐? 요년아. 바로 네년이 날 보고 그 짓을 하랬다⋯⋯.

뭐요? 그만해 두라고요? 동네가 부끄럽다고요? 이렇게 딸년을 망쳐 논 게 누군데 그래요? 어머니요, 어머니야! 바로 어머니야. 툭하면 애 쥔이 집세 재촉 또 하더라. 쌀이 떨어졌다. 나물 또 들여와야 한다. 김장도 담가야 한다⋯⋯. 나는 무슨 화수

부랑자(浮浪者) 일정하게 사는 곳과 하는 일 없이 떠돌아다니는 사람.
독설(毒舌) 남을 해치거나 비방하는 모질고 악독스러운 말.
분통(憤痛) 몹시 분하여 마음이 쓰리고 아픔. 또는 그런 마음.
월사금(月謝金) 다달이 내던 수업료.
✽ 나물 또 들여와야 한다 '나무를 또 들여와야 한다.', 즉 '땔감으로 쓸 나무를 사 와야 한다.'는 말이다.

성탄제

분인 줄 알았습디까? 내가 무슨 수로 다달이 이십 원 삼십 원씩 모갯돈을 만들어 논단 말이요? 그걸 빤히 알면서도 나를 지긋지긋하게 조르는 게 그게 나더러 부랑자 녀석이라도 하나 끌어들이라고 권하는 게지 뭐야?

아아니야. 어머니도 조년하고 다 한패야. 다 한패야. 아버지도 한패야. 셋이 다 한패야. 그래 셋이서 나 하나만 가지고 들볶는 거야. 뭐 동네가 부끄러워? 동네가 부끄럽다고? 흐흐, 자기 딸년에게 별별 못할 짓을 다 시켜 왔으면서, 그래도 동네가 부끄러운 줄은 알았습디까? 그래도 체면을 볼 줄은 알았습디까? 하 하 하 하 하……

흡사 정신에 이상이라도 생긴 사람처럼 울고, 웃고, 열에 뜬 눈 속에, 육친에 대한 끝없는 증오를 품은 채, 이렇게 한바탕 영산을 하고 난 영이는, 할 말을 다 하고 나자, 또 한 번 크게 웃고, 그리고 그대로 까무러쳐 버렸다.

화수분 재물이 계속 나오는 보물단지. 그 안에 온갖 물건을 담아 두면 끝없이 새끼를 쳐 그 내용물이 줄어들지 않는다는 설화상의 단지를 이른다.
모갯돈 목돈. 한몫이 될 만한, 비교적 많은 돈.
육친(肉親) 조부모나 부모, 형제와 같이 혈족 관계가 있는 사람.
영산(靈山) 1. 판소리를 부르기 전에 광대가 목을 풀려고 부르던 노래. 2. 영산굿. 여기에서는 영이가 영산굿을 하듯 말을 늘어놓는 짓을 가리킴.
까무러치다 얼마 동안 정신을 잃고 죽은 사람처럼 되다.

4

 영이는 그대로 보름이나 자리에 누워 버렸다. 그날 와서 주사를 한 대 놓아 준 의사는 '임신 삼 개월'이라 말하고 돌아갔다. 깨어난 영이는 그 말을 듣고 곰곰이 생각해 본 끝에, 마침내 뱃속에 들어 있는 아이의 '아버지'를 맞추어 내었다.

 결코 가난한 잡지사 사원이라든 그러한 사람이 아니라, 유복한* 전기 상회 주인이라는 것이 그에게는 우선 다행하였다. 그는 이제까지도 그중 자기에게 은근한* 정을 보여 왔고, 또 그이면 능히 어린것과 함께 자기의 한평생을 의탁할* 수 있을 게다. 나이는 좀 많아, 올에 서른아홉이라든가, 갓 마흔이라든가. 하지만, 물론 나이 진득한* 사람이라야 계집 위할 줄도 알 게다.

 영이는 자리에서 일어나자 다시 점에를 나갔다. 당장 그날그날의 밥거리를 위하여서도 돈이 필요하였거니와, 뱃속에서 자라나고 있는 어린 생명을 위하여서라도, 그는 이제 차차 준비를 하지 않으면 안 된다.

 그러나 그렇게 돈을 탐내면서도, 그는 다시 '사내'들을 집 안에 끌어들이지 않았다. 전기 상회 주인도 주인이려니와, 뱃속에

유복하다(裕福--) 살림이 넉넉하다.
은근하다(慇懃--) 겉으로 나타내지는 않지만 속으로 생각하는 정도가 깊음.
의탁하다(依託--) 어떤 것에 몸이나 마음을 의지하여 맡기다.
진득하다 성질이나 행동이 끈덕지게 질기고 끈기가 있다. 여기에서는 문맥상 '나이가 꽤 들다'의 의미로 쓰임.

들어 있는 어린것을 위하여, 그는 이제부터라도 제 몸을 단정히 갖고 싶었던 것이다.

그래 사내들은 차차 그에게서 떠나갔다. 그러나 정작 '애아버지'까지 그를 소원히 하기 시작한 것에는 영이는 참말 뜻밖이라, 슬프게 놀랐다. 하지만 다시 생각하여 보면, 그것이 역시 그러한 남자들의 마음이었다. 불행에 익숙한 영이는, 그래, 이제 새삼스럽게 제 신세를 한숨지으려고도 안 했다.

순산을 하였다고 기별을 하자, 남자에게서 오십 원의 돈이 왔다. 그러나 그는 마침내 영이도 어린것도 만나 보러 오지는 않았다. 물론 영이는 이미 무정한 남자를 심하게 탄하지 않았다.

'오십 원'은 그가 예상하였던 것보다도 오히려 많은 금액이다. 영이는 그 돈을 긴하게 받아 썼다.

5

영이가 이렇게 큰 시련을 받는 동안, 순이도 역시 그 생활에 변화를 가졌다. 그는 이내 학교를 그만두고 말았다. 그때 영이

소원히(疏遠-) 지내는 사이가 두텁지 아니하고 거리가 있어서 서먹서먹하게.
순산(順産) 산모가 아무 탈 없이 순조롭게 아이를 낳음.
기별(奇別) 다른 곳에 있는 사람에게 소식을 전함.
긴하다(緊--) 꼭 필요하다.

가 그렇게 발악하기˙ 때문만이 아니다. 저도 학교가 그만 시들하여진 모양이다.

학생 적˙과는 달라, 순이는 마음 놓고 유난스럽게 화장을 하였다. 그리고 인제 유명한 여배우가 된다고 떠들며 돌아다녔다. 한 번 밖에 나가면, 대개는 밤이 제법 늦어서야 돌아왔다. 간혹 집에 붙어 있는 날은, 으레, 영이가 듣기 싫어하는 소리를 한두 마디씩은 한다.

사실, 무슨 각본 속에 그러한 구절이라도 있어, 그 소임˙을 맡은 순이는 부지런히 연습을 하지 않으면 안 되는 듯이나 싶게,

"저는 결코 당신을 원망하지 않습니다. 이제 제게로 돌아오실 날도 있겠지요. 오즉 그것을 한 개의 희망으로 저는 애기와 함께 당신을 기다리겠습니다. 애기를 위하여서는 여급도 그만두었습니다. 만약 저의 어머니가 그러한 일을 한다고 알면, 애기는 필연코 슬플 게니까요. 저는 집에 외로이 있습니다. 외로이 들어앉아 삯바느질˙로 그날그날을 지냅니다……."*

사실 영이는 바느질을 맡아 하고 있었다. 그러나 전과 같이

발악하다(發惡--) 온갖 짓을 다 하며 마구 악을 쓰다.
적 그 동작이 진행되거나 그 상태가 나타나 있는 때. 또는 지나간 어떤 때.
소임(所任) 맡은 바 직책이나 임무.
삯바느질 삯, 즉 돈을 받고 하여 주는 바느질.
✤ 저는 결코 당신을 원망하지 않습니다 ~ 삯바느질로 그날그날을 지냅니다 배우를 꿈꾸는 순이가, 언니인 영이의 처지를 비꼬는 말을 마치 대본을 읽는 것처럼(연기 연습을 하는 것처럼) 한 것이다.

성탄제

순이 하는 말에 말대꾸를 하려 들지 않았다. 또 그의 하는 일에 전연 간섭을 안 했다.

그러면서 다만 영이는 그를 한시도 쉬지 않고 관찰만 하였다.

어디 좀, 두고 보자. 나는 별별 짓을 다 하다가 이 꼴이 됐지만, 어디 너는 그래 얼마나 잘되나, 좀, 두고 보자. 흥……! 오늘 밤도 또 늦는구나. 크리스마스라고, 그래, 교회당에 간다고 초저녁에 나갔지만, 자정 넘어까지 뭣하러 게들 있겠니? 흥!

내일 아침 일찍이 꼭 입게 하여 달라는 교하부따에 저고리를 끝내고, 마침 잠을 깬 갓난애에게 영이가 젖꼭지를 물렸을 때, 그제야 순이는 눈을 맞고 돌아왔다.

그는, 그러나, 곧 마루로 올라오지 않고, 잠깐 앞창 미닫이 밖에 가 서서 망설거리는 모양이더니 마침내 방긋이 미닫이를 열고 그 틈으로 안을 엿본다.

영이는 모든 것을 눈치채고 반짇고리를 한옆으로 치웠다. 아이를 안아 들었다. 머리맡 벽에는 십자가가 걸려 있었다. 코웃음을 치고 영이는 안방으로 건너갔다.

전에 나는 그런 때마다, 네 이부자리를 안방으로 날랐다. 이번에는 마땅히 네가 내 이부자리를 나를 차례다. 흥!

전연(全然) (주로 부정하는 뜻을 나타내는 낱말과 함께 쓰여) 전혀.
교하부따에 순백의 매끄러운 견직물의 일종.
미닫이 문이나 창 따위를 옆으로 밀어서 열고 닫는 방식. 또는 그런 문이나 창.
방긋이 방긋. 닫혀 있던 입이나 문 따위가 소리 없이 살그머니 열리는 모양.
반짇고리 바늘, 실, 골무, 헝겊 따위의 바느질 도구를 담는 그릇.

순이는 형의 이부자리를 매우 거북스럽게 들고 건너왔다.

홍! 나는 너더러 월사금을 해 달라진 않았다. 아니야, 혹 어머니가 집세 말이라도 했는지 모르지. 그러냐? 순이야…….

영이는 아우에게 그동안 지녔던 원한과 증오를 이 기회에 그대로 쏟아 놓고 싶었다. 참말이지 속이 시원한 듯이 느꼈다. 내일 아침에 순이가 일어나는 길로 그 얼굴을 빤히 쳐다보면 좀 더 속이 시원하리라고 생각하였다.

잠깐 귀를 기울여 보았으나, 건넌방에서는 아무 소리도 들려오지 않았다. 불은 벌써 아까 끈 모양이다.

나는 언제든 그 이튿날 아침이면, 사내를 졸라 식구 수효대로 짜장면을 시켜 왔다. 참말이지 이 동리˙청요릿집˙에서 시켜다 먹을 것은 그것 한 가지밖엔 없다. 하건만, 너는 그것을 더럽다고 한 번도 입에 대려 들지 않았다……. 나는 그러나 내일 아침에 어디 한번 맛나게 먹어 볼 테다.

영이는 생각난 듯이 곁에 드러누운 어머니와 또 아버지의 얼굴을 차례로 바라보았다. 그들은 물론 지금 건넌방에서 순이의 몸 위에 일어나고 있는 일을 알고 있을 게다. 그러나 그들은 이미 놀라지 않고 또 슬퍼하지 않는다.

'이것이 인생이란 것이냐?'

동리(洞里) 마을.
청요릿집 중화요리를 파는 식당. 오늘날의 '중국집'을 이름.

갑자기 몸이 으스스 추웠다. 영이는 베개를 고쳐 베고 눈을 감았다. 어인 까닭도 없이 운동횟날 본 순이의 모양이 눈앞에 선하다. 그윽히 그것을 보고 있다 영이는 한숨을 쉬었다.

'너마저 집안 식구에게 짜장면을 해다 주게 됐니? 너마저 너마저……'

영이의 좀 여윈 뺨 위를 뜨거운 눈물이 주울줄 흘러내렸다.

■「여성」(1937. 12);『성탄제』(을유문화사, 1948)

●등장인물 들여다보기

영이

영이는 뭇 사내들의 술 시중을 들고 그들에게 웃음을 파는 카페의 여급으로, 가난 때문에 자신을 불행한 처지로 내몬 도시 하층 여성의 전형을 보여 주는 인물입니다. 돈이 필요하면 이따금 남자들을 집에 불러들여 몸을 팔기도 하죠. 동생 순이가 구역이 날 만큼 영이를 역겹게 생각하는 까닭도 바로 영이의 직업이 카페 여급이라는 데 있습니다.

그런데 영이는 본래 원해서 카페 여급이 된 것이 아닙니다. 그녀 외에는 가족의 생계를 책임질 사람이 없기 때문에 어쩔 수 없이 카페 여급 일을 하게 된 거죠.

물론 순이의 말마따나 영이가 방적 회사나 제사 공장의 여직공 같은 '흉 될 것은 없는' 직업을 가질 수도 있었겠죠. 그러나 무능한 부모의 벌이로는 집세 내기도 빠듯할 정도로 그녀의 집안은 가난합니다. 고등학교에 다니는 순이의 학비도 대야 하고, 이따금 목돈이 드는 집안 살림을 꾸려 나가자니 카페 여급 일을 하고 몸도 팔 수밖에 없었던 거죠.

이처럼 영이는 식구들의 생계를 위해 어쩔 수 없이 몸을 파는 것인데도, 남들은 물론 가족조차 그녀를 도덕적으로 비난합니다. 영이의 입장에서는 억울할 수밖에 없죠. 영이가 식구들에게 '영산'을 하듯

울분을 토해 내며 저주를 퍼부어 대는 것도 자신을 불행한 처지로 내몬 가난한 집안 형편에 대한 원망인 셈입니다. 나아가 가난으로 인해 몸을 팔 수밖에 없게 만드는 당시 식민지 조선의 궁핍한 사회 구조가 영이를 남들에게서 손가락질 받는 카페 여급이 되도록 만든 것이라 할 수 있습니다. 이런 점에서 영이는 당시 불합리한 사회 구조가 낳은 희생양이라 할 수 있습니다.

여하튼 동생과의 다툼에서도 적극적으로 자신의 처지를 변호하던 영이는, 뜻하지 않은 임신 사실을 알고 나서 몸가짐을 조심하게 되면서 카페 여급 일을 그만둡니다. 그리고 삯바느질 일을 하게 되죠. 아마 아이에게만은 떳떳한 엄마가 되고 싶었기 때문일 겁니다.

카페 일을 그만둔 영이와는 반대로 이제 순이가 사내를 집 안으로 불러들입니다. 영이는 그런 순이의 행동을 냉소적으로 바라보기는 하지만 그저 비난만 하지는 않습니다. 오히려 그런 일을 하는 순이를 보고 한숨과 눈물을 보이기도 하죠. 작품의 앞부분에서 순이에게 비아냥거렸던 영이의 감정은 작품의 끝부분에서 자신과 같은 처지에 놓이게 된 동생 순이에 대한 슬픔과 연민으로 변화하게 됩니다.

순이

순이는 고등학교를 다니다가 그만둔 고등 교육을 받은 여성입니다. 순이가 고등학교를 다닐 수 있었던 것은 언니 영이가 카페 여급 일을 해서 번 돈 덕분이죠. 그러나 순이는 여급 일을 하는 언니를 부끄러워하며 비난하기 일쑤입니다. 영이를 음란하고 부도덕한 여성이라고 생각하기 때문입니다. 그러나 순이는 언니 영이가 몸을 팔아서 사 주는 짜장면을 거부할 만큼 언니의 행동을 극단적으로 비난하면서도 돈이 필요할 때면 영이가 하는 일에 암묵적으로 동조하는 이중적인 태도를 보입니다. 그런 점에서 순이는 이기적인 여성이라 할 수 있죠.

또한 순이는 허영심 많은 여성이기도 합니다. 영이가 임신과 출산으로 여급 일을 그만둔 이후, 순이는 학업에 흥미를 잃고 결국 학교를 그만두고 유난스럽게 화장을 하고는 여배우가 되겠다고 집 밖으로 나돌기 시작합니다. 그러나 그녀의 허영심에서 비롯된 배우의 꿈이 현실적으로 이루어지기는 어려울 겁니다. 영이가 카페 일을 그만두고 삯바느질을 해서 버는 돈으로는 가난한 집안 형편이 감당이 될 리가 없기에 순이 또한 돈을 벌어야만 하기 때문입니다.

그래서 순이도 과거 영이가 그랬듯이 집 안으로 남자를 끌어 들여 몸을 팔게 됨으로써 도덕적 타락의 길을 걷게 됩니다. 그런데 순이가 몸을 팔게 된 것은 어쩌면 영이가 몸을 판 것보다 더 큰 나락에 떨어진 것이라 할 수 있습니다. 그녀는 영이와 달리 고등 교육까지 받은 여성이며, 더구나 영이의 행동을 극단적으로 비난했기 때문에 충분히 다른 선택이 가능했을 것이기 때문이지요.

작품의 마지막 부분에서 성탄제 날 밤 몸을 팔기 위해 집에 남자를 끌어 들인 순이를 두고 영이가 '너마저 집안 식구에게 짜장면을 해다 주게 됐니? 너마저 너마저……'라며 눈물을 흘리는 것은 가난으로 인한 순이의 도덕적 타락이 갖는 비애를 잘 보여줍니다.

● 작품 Q&A

"선생님, 궁금해요!"

Q 이 작품의 시간적, 공간적 배경을 설명해 주세요.

A 이 작품의 시간적 배경은 '성탄제(성탄절)' 날 밤입니다. 어느 크리스마스 날 밤, 순이가 사내를 집 안에 끌어들인 사건을 다루고 있지요. 물론 이 작품에서 이야기되고 있는 시간이 사건이 일어난 성탄제 날에만 국한되는 것은 아닙니다. 성탄제 날 순이가 남자를 집 안에 끌어들인 사건이 일어나기 이전부터 몇 년에 걸쳐 이어져 온 영이와 순이 자매의 갈등이 이야기되고 있으니까요. 이 작품은 이야기의 마지막 장면(성탄제 날 밤)을 맨 앞에 두고, 과거로 돌아갔다가 다시 마지막 장면(성탄제 날 밤)으로 돌아가는 구조로 되어 있습니다. 이 작품이 1937년에 발표되었다는 것을 고려하면, 시간적 배경은 1930년대 일제 강점기의 '성탄제' 날 밤임을 짐작할 수 있습니다.

그럼, 이 작품의 공간적 배경을 알아볼까요? 우선 사건이 일어난 구체적인 장소가 가난한 영이와 순이 자매의 집이라는 것은 어렵지 않게 알 수 있습니다. 문제는 영이와 순이 자매의 집이 어디에 위치해 있는가 하는 것인데요, 지금의 서울인 경성 어딘가에 위치하고 있었을 거라고 짐작할 수 있습니다. 작품 속에 카페라든지 제사 공장, 방적 회사, 전매국 공장과 같은 공장이나 활동사진관 등 여러 공간들이 제시되어 있는데, 이런 공간들은 보통 시골보다는 규모가 큰 대도시에 있었기 때문이죠. 특히 전매국 공장은 당시 경성 의주로에 소재하고 있었다는 점을 고려할 때, 영이와 순이의 집이 경성에 위치해 있었을 것이라고 추측해 볼 수 있습니다. 작가 박태원이 경성 출신이라는 사실과 1930년대 그의 많은 작품들이 경성을 공간적 배경으로 삼고 있다는 사실도 영이와 순이의 집이 경성에 있었을 것이라는 점을 간접적으로 뒷받침해 줍니다.

Q 이 작품의 도입 부분과 결말 부분은 시간상으로 서로 연결되면서 순이가 몸을 팔게 된 것에 대한 언니 영이의 심리가 집중적으로 묘사되고 있는데요, 언니가 순이를 비난하는 건지 안쓰러워하는 건지 잘 모르겠어요. 영이의 심리를 자세히 설명해 주세요.

A 네, 말씀하신 것처럼 이 작품의 결말 부분은 이야기의 시간상으로 보면 도입 부분과 바로 연결되어 있습니다. 작품의 도입 부분과 결말 부분에서는 성탄제 날 밤 순이가 몸을 팔려고 남자를 집 안으로 끌어 들인 일에 대한 영이의 심리적 반응을 주요하게 그리고 있습니다. 이는 이 작품의 의미를 이해하는 데 있어 영이의 심리적 반응을 파악하는 것이 그만큼 중요하다는 것을 뜻합니다. 그럼, 영이의 심리적 반응이 어떤 의미를 담고 있는지 구체적으로 살펴보기로 하죠.

이 작품은 네 살 차이인 영이와 순이 자매의 갈등을 다루고 있습니다. 이들 자매는 매우 사이가 좋지 않은 만큼 갈등의 골이 아주 깊습니다. 이들 자매의 갈등은 영이가 카페 여급 일을 하는 것을 순이가 매우 못마땅하게 여기는 데서 비롯합니다. 순이는 영이가 부도덕한 일을 하고 있다고 생각하기 때문입니다. 그래서 순이는 영이를 강하게 비난하면서 영이가 몸을 팔아서 사 주는 짜장면을 거부합니다.

그런데 이후 영이는 임신과 출산으로 카페 여급 일을 그만두고, 삯바느질을 하며 아이를 키우게 됩니다. 그러자 이제는 순이가 학교를 그만두고 유명한 여배우가 되겠다며 유난스럽게 화장을 하고 집 밖으로 나돌다가, 급기야 남자를 집 안으로 끌어 들이기까지 합니다. 이처럼 순이가 자신이 그토록 비난했던 영이의 타락한 행동을 똑같이 반복함으로써 둘의 처지는 완전히 뒤바뀌게 됩니다. 비난하는 위치에 있던 순이가 비난받는 입장에 서게 되고, 비난받던 위치에 있던 영이는 거꾸로 순이를 비난하는 입장에 놓이게 된 것이지요.

그러나 문제는 서로 입장만 뒤바뀌었을 뿐, 두 자매의 갈등은 여전히 해결되지 않았다는 점입니다. 순이가 과거에 자신을 격렬하게 비난한 데 대한 반동으로, 영이가 순이에 대해 원한과 증오의 감정을 느끼기 때문입니다. 영이가 성탄제 날 밤 집에 남자를 끌어 들인 순이의 행동에 대해 통쾌해하며 비아냥거리는 것도, 다음 날 순이가 남자를 졸라 짜장면을 시켜 주면 그 짜장면을 맛있게 먹겠다고 다짐하는 것도 모두 영이의 원한과 증오의 심리가 작용한 결과라고 할 수 있습니다.

그런데 이런 영이의 반응에서 주목할 점이 있습니다. 영이는 순이에 대해 연민과 슬픔의 감정을 보여 주기도 한다는 것입니다. 과거에 순이가 영이의 부도덕한 행위를 격렬하게 비난했던 것과는 달리, 영이가 순이의 도덕적 타락에 대해 대놓고 비난하지 않는 것은 바로 영이의 마음 한편에 숨어 있는 순이에 대한 연민 때문입니다. 이는 배우가 되겠다는 꿈을 꾸었지만, 자신처럼 가난한 집안 형편 때문에 남자에게 몸을 팔 수밖에 없는 순이의 불행한 처지를 영이가 어느 정도 공감하고 있다는 것을 말해 줍니다.

이런 점에서 순이가 시켜 주는 짜장면을 맛있게 먹겠다는 영이의 심리에는 순이에 대한 '원한과 증오'의 감정만이 있는 것은 아니라고 볼 수 있습니다. 작품의 결말 부분에서 영이가 '너마저 집안 식구에게 짜장면을 해다 주게 됐니? 너마저 너마저……'라고 생각하며 눈물을 흘리는 데서 알 수 있듯이, 순이가 시켜 주는 짜장면을 맛있게 먹겠다는 영이의 심정에는 순이의 불행한 처지에 대한 연민의 감정 또한 짙게 배어 있다고 할 수 있습니다.

Q 그렇다면 영이가 자신의 몸을 팔아 식구들에게 사 주었던 짜장면에는 어떤 의미가 담겨 있는 것인가요?

A 작품의 마지막 부분에서 영이가 카페 여급 일을 하던 시절에 사내를 집 안으로 끌어 들인 다음 날 아침이면, 사내를 졸라 식구 수대로 짜장면을 시켜 주었다고 밝히고 있습니다. 영이가 왜 그런 행동을 했는지에 대해서는 작품에 직접적으로 드러나 있지 않습니다. 그러나 그것은 영이가 가족들에게 자신의 도덕적 타락을 나름대로 합리화하기 위한 행위라고 짐작해 볼 수 있습니다.

사실 미혼 여성이 몸을 파는 것은 사회적으로 용인하기 힘든 부

성탄제

도덕한 행위입니다. 물론 영이도 자신의 행위가 떳떳하지 못한 것임을 잘 알고 있습니다. 그래서 그녀는 자신의 부도덕한 행위에 대해 일종의 죄의식을 갖고 있었을 것입니다. 바로 이러한 죄의식을 덜고 자신의 행위가 가족의 생계를 위해 어쩔 수 없이 한 것이었다고 합리화하고 가족들의 양해를 구하려는 마음에서 그들에게 짜장면을 대접했을 것이라는 점이죠. 그런 점에서 순이가 짜장면을 거부한 것은 어쩌면 당연한 일이었겠죠. 언니 영이의 행동을 격렬히 비난하였던 만큼 용서할 수 없었을 테니까요. 그러나 순이가 사내를 집에 끌어 들이게 되자, 순이와 영이의 위치는 뒤바뀌게 됩니다. 그래서 영이는 지난날 순이가 짜장면을 거부했던 것에 대한 일종의 복수 심리로 자신은 짜장면을 맛있게 먹겠노라 다짐까지 합니다. 그러나 다른 한편으로 영이는 자신처럼 남자를 끌어 들일 수밖에 없는 순이의 불행을 공감하기에, 순이가 식구들에게 시켜 줄 짜장면을 떠올리며 눈물을 흘립니다. 그러니까 순이가 영이의 짜장면에 대해 가졌던 감정이 혐오라면, 영이가 순이의 짜장면에 대해 갖는 감정은 연민이라고 할 수 있습니다.

Q 이 작품에서는 영이와 순이 자매가 가난으로 인해 도덕적으로 타락할 수밖에 없는 문제 상황이 제시되고 있는데요, 작품의 제목은 그와는 어울리지 않는 '성탄제'입니다. 작품의 제목이 '성탄제'인 이유는 무엇일까요?

A 이 작품은 성탄제 날 밤 순이가 집 안에 사내를 끌어 들여 몸을 파는 사건을 그리고 있습니다. 왜 하필이면 예수의 탄생을 기리

는 성탄제 날 그런 부도덕한 일이 일어나도록 상황을 설정했을까요? 여기에는 어떤 특별한 의도가 있을 겁니다.

'성탄제'는 인류의 구원을 위해 자신의 몸을 희생한 성인 예수의 탄생을 기리는 성스러운 축제의 날입니다. 영이의 방 벽에 걸려 있는 십자가는 그런 예수의 거룩한 희생을 상징하는 물건이죠. 그런데 영이는 여학생 시절 교회당에 나가던 순이가 걸어 둔 십자가를 보고 "이 거룩한 밤에 주여! 바라옵건댄 길을 잃은 양들에게도 안식을 주옵소서. 아멘……. 흥?"이라며 비아냥거리면서 냉소적인 반응을 보입니다.

영이가 이런 반응을 보인 것은 과거 순이가 자신을 더럽다고 격렬하게 비난하던 생각이 떠올라서였을 겁니다. 영이의 입장에서 보면 순이의 비난은 야속하기 짝이 없는 분한 일이지요. 왜냐하면 영이는 자신이 카페 여급 일을 하면서 몸을 판 것을 가족의 생계를 위해 희생한 것이라 생각하기 때문입니다. 그런 자신의 희생을 몰라주고 비난만 하니 억울할 수밖에요.

작품의 제목이 왜 '성탄제'인지는 이런 맥락에서 생각해 볼 수 있습니다. 바로 가족의 생계를 위한 영이의 희생을, 십자가로 상징되는 예수의 거룩한 희생에 견주고자 한 의도가 있다고 할 수 있습니다. 그러나 남을 위해 희생한다는 점은 같지만, 예수의 희생과 영이의 희생은 근본적으로 다른 점이 있습니다. 예수의 희생은 인류의 구원을 위한 성스럽고 무조건적인 희생인 반면, 영이의 희생은 스스로 원한 것이 아니라 지독한 가난에 의해 강요된 것이고 또한 남들에게 양해를 구하는 희생이라는 거죠.

따라서 이 작품의 제목을 '성탄제'라고 한 것은 예수의 희생에 견주어 이와 같은 영이가 보여 준 희생의 성격을 강조하기 위한 것이라 할 수 있습니다.

Q 이 작품은 서술자가 있는데도 영이와 순이의 말을 통해 사건이 전개되고 있으며, 서술자의 서술과 등장인물의 말은 구분되어 있지도 않습니다. 그렇게 한 특별한 이유가 있는 것인가요?

A 이 작품은 서술자가 등장인물의 심리나 행동 등에 대해서 모든 것을 알고 있으며, 작품 속에 개입하여 이야기를 이끌어 가는 전지적 작가 시점입니다. 그러나 이 작품은 전지적 작가 시점의 다른 작품들과는 다른 면이 있습니다. 전지적 작가 시점이면서도 서술자가 직접 개입하는 비중이 그리 크지는 않다는 점이죠. 작품의 도입 부분과 결말 부분을 제외한다면, 오히려 작중 갈등의 당사자인 영이와 순이의 입장에서 그들이 직접 말하는 넋두리 같은 독백이나 대화가 상당한 비중을 차지합니다. 서술자의 역할은 단지 영이와 순이가 어떤 관계인지를 밝혀 주는 데만 그치고, 영이와 순이의 성격이나 행동, 심리 등은 모두 그들의 대화나 독백 장면을 통해 드러나고 있습니다.

그럼, 이처럼 인물의 독백이나 대화 장면을 많이 사용한 의도는 무엇일까요? 그것은 바로 작품을 읽는 독자로 하여금 작품 속 인물의 입장에 서게 하여 그들의 시점에서 작품 속 상황을 바라보도록 하는 효과를 내기 위해서입니다. 좀 더 자세히 설명하자면, 독자와 작품 속 인물을 연결해 주는 서술자의 역할이 줄어들게 되면 독자는 인물들을 직접 대면하게 되어 그들에게 묘한 친밀감을 갖게 됩니다. 그렇게 인물과 독자의 거리가 제거되면 독자는 인물들 각자가 처한 상황이나 입장을 보다 잘 이해하게 되는 거지요.

이처럼 이 작품에서는 서술자의 직접 개입을 억제하여 인물의 독백이나 대화를 통해 독자로 하여금 두 자매의 갈등을 선명하게 파악할 수 있게 하였습니다.

Q 이 작품은 아이러니한 구성을 보여 준다고 하던데요, 이게 어떤 의미인지, 그리고 이러한 구성을 통해서 작가가 무엇을 말하고자 한 것인지 궁금해요.

A 본래 '아이러니(irony)'란, 말하고자 하는 것과 반대되게 표현하여 이 둘 사이가 서로 일치하지 않는 것을 드러내 보여 줌으로써 그 의미를 강조하는 것을 말합니다. '아이러니'라는 말에는 '모순'이라는 의미가 담겨 있습니다. '모순'이란, 어떤 사실의 앞뒤가 이치상 어긋나서 서로 맞지 않음을 뜻하는 말입니다. 따라서 작품 속에서 서로 앞뒤가 맞지 않아 모순되거나 반대되는 사실을 그대로 드러내 보여 줄 때 그 작품은 아이러니한 구성을 보여 준다고 하는 겁니다.

이 작품의 경우, 카페 여급으로서 (원했든 원치 않았든) 문란한 생활을 하는 언니 영이를 강하게 비난하던 동생 순이가 종국에서 영이와 똑같은 길을 걷게 된다는 점이 아이러니한 구성을 보여 준다고 할 수 있습니다. 곧, 순이가 과거에 영이의 행동을 비난했던 만큼 순이 자신은 영이처럼 행동하지 않는 것이 이치에 맞는 일이겠지만,

순이는 과거 영이의 행동을 그대로 반복하며 앞뒤가 맞지 않는 모순된 행동을 보입니다.

이와 같이 모순된 상황을 드러내고 있기에 이 작품을 두고 아이러니한 구성을 보인다고 하는 것입니다. 더욱이 이 작품은 아이러니한 구성을 통하여 유명 배우가 되겠다는 꿈을 가졌지만 과거 영이와 똑같은 불행한 처지로 전락하고 마는 순이의 운명을 강조하고 있습니다. 그런 점에서 이 작품의 아이러니를 '운명의 아이러니', '위치가 역전되는 아이러니'라고 합니다.

그렇다면 이러한 아이러니 구성을 통해서 작가가 말하고자 한 것은 무엇일까요? 바로 언니 영이의 도덕적 타락을 비난하던 순이 자신도 돈을 벌기 위해 어쩔 수 없이 몸을 팔아야만 하는 당시의 불합리한 사회적 현실을 작가는 운명의 아이러니를 통해 드러내고자 한 것입니다. 나아가 이런 아이러니한 구성을 통하여 가난으로 인해 여성이 몸을 파는 것을 당연한 것으로 여기는 세태, 즉 가족 간의 관계마저 돈에 의해 지배되는 이기적인 세태를 비판하고자 한 것이라 할 수 있습니다.

❋ 더 읽어 봅시다 ❋

가난한 도시 하층민의 아이러니한 운명을 다룬 작품

현진건, 〈운수 좋은 날〉 _며칠간 허탕만 치다가 연달아 큰 벌이를 한 김 첨지가, 병든 아내가 그토록 먹고 싶어 하던 설렁탕을 사 들고 왔으나 아내는 이미 죽어 있다는 아이러니를 통해 도시 하층민의 비극적 삶을 문제화한 작품이다.

두 형제의 얄궂은 운명을 그린 작품

김유정, 〈만무방〉 _열심히 농사만 짓는 농사꾼이었던 '응오'와 '응칠' 두 형제가 점차 염치가 없이 막된 사람인 '만무방'이 되어 가는 모습을 통해 농촌에서 착실하게 농사를 지으며 살아가는 것이 점점 어려워지는 현실을 고발한 작품이다.

> **작가 소개**

박태원(1910 ~ 1986)

1930년대 세태 풍속의 세밀한 관찰자

박태원은 1930년에 발표한 단편 〈수염〉으로 문단에 데뷔하여, 1986년 북한에서 사망할 때까지 수많은 작품을 남겼다. 그는 한때 춘원 이광수에게 문학 수업을 받았지만 이광수의 계몽주의 문학과는 거리를 두었다. 또한 1933년 이태준, 김기림, 정지용 등과 함께 '구인회'의 일원으로 활동하면서 당시 문단의 지배적인 흐름이었던 계급주의 문학에 휩쓸리지 않고, 식민지 수도 경성의 세태 풍속을 세밀하게 그려 내는 작가로서 자신의 위치를 굳혔다.

박태원은 활동 초기부터 작품의 표현 기교 면에서 실험적인 작품을 많이 보여 주었다. 예를 들면, 단편 〈딱한 사람들〉(1934)이나 〈피로〉(1933)와 같은 초기 작품에서는 숫자와 기호를 즐겨 사용하였으며 심지어 신문 광고문까지 작품에 넣었다. 이러한 실험성은 그가 계급주의 문학과 거리를 둔 예술파 작가임을 단적으로 보여 준다.

계몽주의 문학(啓蒙主義文學) 전통적인 인습에 젖은 무지한 사람들에게 새로운 지식, 사고, 비판력 따위를 깨우쳐 주려고 하는 문학. 우리나라의 경우 갑오개혁 이후의 창가, 신소설과 이광수, 최남선의 문학이 이에 속한다.

계급주의 문학(階級主義文學) 평등한 사회를 만들어야 한다는 사회주의 사상의 기초 아래, 문학 또한 계급 혁명의 이념을 전달해야 한다는 이념을 가지고 조선 프롤레타리아 예술가 동맹, 즉 카프(KAPF)가 주장하고 실천하려 했던 문학. 때문에 이들 문학의 대부분이 프롤레타리아의 삶을 보여 주고 이들이 계급 투쟁을 통해 새로운 세상을 만들어야 한다는 취지의 내용을 담고 있다.

이러한 기법에 대한 남다른 관심을 통해 이루어진 그의 작품 세계는 도시의 세태 풍속 묘사에 주안점을 둔 세태 소설로 전환하게 되는데, 이러한 전환의 계기가 된 작품이 바로 〈소설가 구보 씨의 일일〉(1934)이다. 박태원의 호 가운데 하나가 '구보'라는 사실에 비추어 볼 때, 작품 속 소설가 구보는 바로 작가 자신을 상징하고 있다고 볼 수 있다.

　이 작품은 소설가 구보가 정오 무렵 자신의 집을 나서서 식민지 수도인 경성 거리 이곳저곳을 배회하다가 새벽 두 시경 다시 자신을 걱정하는 어머니가 있는 집으로 돌아오기까지의 과정을 그리고 있다. 이러한 구보의 행보는 현대의 세태 풍속을 조사하여 기록하는 학문인 '고현학'의 방법이 구현되는 과정을 보여 준다. '고현학'을 소설에 적용하여 창작한 작품을 '세태 소설'이라고 하는데, 〈소설가 구보 씨의 일일〉은 세태 소설 작가인 박태원의 창작 과정을 여실히 드러내 주었다는 점에서 주목을 받았다.

　장편 〈천변풍경〉(1936~1937)은 세태 풍속에 대한 관심이 확대되어 작가의 주관을 극도로 억제하고 쓴 바로 작품이다. 〈천변풍경〉은 제목 그대로 서울 청계천변이라는 공간을 무대로, 그곳에서 살고 있는 사람들의 풍경을 마치 카메라로 찍듯이 묘사해 나간 세태 소설이다. '제1절 청계천 빨래터'에서 시작하여 '제50절 천변풍경'까지, 1930년대 어느 해 2월부터, 다음 해 정월 말까지 1년간 청계천변을 중심으로 벌어지는 시민들의 다양한 삶의 모습을 50개의 절로 나누어 에피소드 형식으로 그려 내었다.

이후에도 박태원은 〈성탄제〉(1937), 〈골목안〉(1939) 등 서민들의 일상과 풍속을 그린 세태 소설을 계속 발표하였다. 그는 경성 주변부의 가난한 계층의 삶에 남다른 관심을 보였는데, 그런 그가 특별히 관심은 가진 대상은 카페 여급이나 실직한 지식인이었다. 그중 카페의 여급의 삶을 통해서는 식민지적 질곡 속에서 불행한 일상을 보내고 있던 당시 도시 하층민들의 삶을 동정 어린 시선으로 그려 내었다. 가난으로 인해 몸을 팔 수밖에 없는 두 자매의 불행한 운명을 아이러니한 방식으로 그리고 있는 〈성탄제〉는 도시 하층민에 대한 작가 박태원의 그러한 따뜻한 시선을 잘 보여 준 작품이다.

한편 박태원은 문체 탐구에도 깊은 관심을 기울였는데, 그 결과 그의 작품들은 문학사적으로 중요한 의미를 갖는다. 전단, 광고, 도표의 대담한 삽입과, 〈소설가 구보 씨의 일일〉의 문장이 보여 주듯 긴 문장 속에서 세밀하게 처리한 쉼표는 주인공의 '의식의 흐름'에 적절히 대응됨으로써 감각적 탄력성을 얻게 하였는데, 이러한 박태원의 문체는 당대로서는 매우 새로운 것이었다. 그를 모더니즘 계열의 작가로 분류하는 것도 바로 그러한 문체상의 새로움 때문이라 할 수 있다.

박태원은 해방 직후에는 조선문학건설본부, 조선문화건설중앙협의회 등 좌파 문인 단체에 가입해 활동하였으며, 조선문학가동맹 중앙집행위원을 역임하였다. 이후 6·25 전쟁 중에 서울에 온 이태준, 안회남을 따라 월북하여 북한에서 역사 소설 〈계명산천은 밝아 오느냐〉(1963~1964), 〈갑오농민전쟁〉(1977~1986) 등을 집필하였다. 이 가운데 〈갑오농민전쟁〉은 북한 최고의 역사 소설로 평가받고 있다.

  박태원의 초기 소설은 문체, 주제 등에 있어 모더니즘 소설의 특징을 지니고 있다. 작품의 이데올로기보다는 문장 자체의 예술성을 중시하고, 인물의 내면 묘사를 중시하는 등의 실험 정신을 보여 주었다. 이러한 경향으로 인해 박태원은 이상과 더불어 1930년대의 대표적인 모더니즘 작가로 꼽힌다.

연보

1910년 _ 1월 6일(음력 1909년 12월 7일), 서울 수중박골(지금의 종로구 수송동)에서 아버지 박용환과 어머니 남양 홍씨 사이의 4남 2녀 중 차남으로 태어남. 등 한쪽에 커다란 점이 있어 '점성'이라 불림.

1918년 _ 8월 14일, '태원'으로 개명함.
경성사범부속 보통학교 입학.

1922년 _ 경성사범부속 보통학교 제4학년 수료 후, 입학 시험을 보아 경성제일공립 고등보통학교(이하 제일고보)에 입학함.
「동명」제33호의 소년 칼럼 난에 〈달마지〉란 작문이 뽑힘.

1926년 _ 의사인 숙부 박용남과 교사인 고모 박용일의 소개로 춘원 이광수에게 지도를 받게 됨.
제일고보에 재학 중이던 당시에 「조선문단」에 시 〈누님〉이 당선되어 등단함.
「동아일보」, 「신생」 등에 시와 평론을 발표함.

1927년 _ 제일고보를 휴학하고, 문학 활동에만 전념함.

1928년 _ 아버지가 사망함. 제일고보에 복학함.
소설 〈최후의 모욕〉을 씀.

1929년 _ 제일고보를 졸업함.
일본으로 건너가 동경 호세이대학[法政大學] 예과에 입학함.
필명 박태원(泊太苑)으로 「신생」에 시 〈외로움〉을 발표하는 한편, 「동아일보」에 소설 〈해하의 일야〉 등을 연재하기 시작함.

1930년 _ 동경 호세이대학 예과 2학년 중퇴 후 귀국함.
「신생」 10월 호에 단편 〈수염〉을 발표하며 본격적으로 문단에 데뷔함. 「동아일보」에 단편 〈적멸〉, 〈꿈〉을 발표함. 그 외에도 '몽보(夢甫)'라는 필명으로 수필, 평론 등을 꾸준히 발표함.
영화, 미술, 음악 등 서양 예술 전반과 신 심리주의 문학에 심취함.

1933년 _ 이태준, 정지용, 김기림, 조용만, 이상, 이효석 등과 함께 문학 친목 단체인 '구인회'에 가입하여 활동함.
「동아일보」에 장편 〈반년간〉을, 「매일신보」에 〈낙조〉를, 「신가정」에 〈옆집 색시〉를, 「여명」에 〈피로〉를, 「조선문학」에 〈오월의 훈풍〉을 발표하는 등 많은 작품을 발표함.

1934년 _ 10월 27일, 보통학교 교원인 김정애와 결혼함.
「중앙」에 〈딱한 사람들〉을, 「조선중앙일보」에 〈소설가 구보 씨의 일일〉을, 「조선일보」에 〈애욕〉 등을 연재함.
'구인회' 주최 문학 공개 강좌에서 '언어와 문장'을 강연함.

1935년 _ 「조선중앙일보」에 장편 〈청춘송〉을 연재함. 「개벽」에 〈길은 어둡고〉를 발표함.

1936년 _ 「조광」에 〈천변풍경〉을 연재하는 한편, 「시와소설」에 〈방란장 주인〉을, 「중앙」에 〈비량〉을, 「여성」에 〈진통〉과 〈보고〉를 발표함.

1937년 _ 서울 관동(지금의 교북동)으로 이사함.
「조광」에 〈속 천변풍경〉을 연재하는 한편, 〈성군〉을 발표함. 「여성」에 〈성탄제〉를 발표함.

1938년 _ 「매일신보」에 〈명랑한 전망〉을 연재함.
장편 소설 『천변풍경』과 단편 소설집 『소설가 구보 씨의 일일』을 출간함.

1939년 _ 「여성」에 〈이상의 비련〉을, 「문장」에 〈골목안〉을 발표함. 『박태원단편집』을 출간함. 중국 소설 번역에 몰두하여 번역 소설 『지나소설집』을 출간함.

1940년 _ 서울 돈암동에 집터를 마련, 새로 집을 짓고 이사함. 「문장」에 장편 〈애경〉을 연재함.

1941년 _ 「매일신보」에 장편 〈여인성장〉을 연재하는 한편, 「신시대」에 번역 소설 〈신역 삼국지〉를 연재함. 「조광」에 〈투도〉를, 「문장」에 〈채가〉를 발표함.

1942년 _ 「조광」에 중국 소설 〈수호전〉을 3년에 걸쳐 연재함. 장편 소설 『여인성장』(매일신보사)을 출간함.

1946년 _ 조선문학가동맹의 중앙집행위원으로 뽑힘. 「조선주보」에 장편 〈약탈자〉를 연재함.

1947년 _ 장편 소설 『홍길동전』을 출간함.

1948년 _ 성북동으로 이사함. 역사 소설 『이순신 장군』과 단편 소설집 『성탄제』(을유문화사)를 출간함.

1949년 _ 장편 소설 『금은탑』을 출간함. 〈갑오농민전쟁〉의 모태가 된 〈군상〉을 이듬해(1950년) 2월까지 「조선일보」에 연재하였으나 게재를 중단함.

1950년 _ 6·25 전쟁 중 월북함.

1953년 _ 평양문학대학 교수로 재직하며 국립고전예술극장 전속 작가로 조운과 함께 『조선 창극집』을 출간함.

1956년 _ 학창 시절 절친했던 정인택의 미망인 권영희와 재혼함. 남로당 계열로 몰려 숙청당해 작품 활동이 금지됨. 이때 〈갑오농민전쟁〉을 구상하고 농민 전쟁에 관련된 자료들을 수집하기 시작함.

1960년 _ 작가로 복귀함.
1963년 _ '혁명적 대창작 그루빠'의 통제 아래, 〈갑오농민전쟁〉의 전편에 해당하며 함평·익산 민란 등을 다룬 대하 역사 소설 〈계명산천은 밝아 오느냐〉를 집필함.
1965년 _ 망막염으로 실명함.
장편 〈계명산천은 밝아 오느냐〉 1부 1권을 출간함.
1975년 _ 뇌출혈로 전신불수의 불운이 겹침.
1977년 _ 실명과 전신불수의 몸으로 동학 혁명을 소재로 한 대하소설 〈갑오농민전쟁〉을 구술로 받아쓰게 하여 1부를 완성함.
1980년 _ 〈갑오농민전쟁〉 2부를 완성함.
1986년 _ 〈갑오농민전쟁〉 3부가 출간됨. 북한 「조선문학」 7월호에 작가가 고혈압에 시달리다 7월 10일 오후 사망했다고 발표됨.